Karine LOTTIN

LE FEU
A LA MEMOIRE

Karine Lottin, née en 1971 en pays castrais écrit son premier manuscrit à 16 ans. Il restera dans un tiroir et dans son cœur jusqu'à ce que, encouragée par son mari, elle se décide à le publier.

10 habitants en hiver verra le jour en 2016. Roman épistolaire avec une touche autobiographique, il retrace avec douceur et à travers les yeux de l'enfance, les aventures d'une enfant dans un cocon de campagne préservée : le bonheur à l'état pur.

Puis en 2016 également, un deuil familial, fait naître **Au diapason.** Roman inspiré et inspirant, il fait se côtoyer les frontières du réel et de l'au-delà où la seule vérité est l'amour.

La même année, elle écrit **Voleur de poules**. Né d'une anecdote familiale, l'auteur aime à dire qu'écoutant cette histoire, l'écriture du roman s'est faite dans sa tête. C'est avec ce roman, qu'elle trouve sa voie : le drame familial. Des destins qui se croisent au sein d'un suspens palpitant ouvrant sur une fin inattendue. Attention : DECOUVERTE !!!

A tel point, que devant ce succès, ses lecteurs lui ont réclamé à cor et à cri, une suite.

Ils seront exaucés en 2019 avec **J'aurais aimé…** où ils ont retrouvé Aurélie, Simone et bien d'autres personnages au cœur d'une tourmente qui, malheureusement, sacrifiera définitivement une vie.

Début 2020, avec **La clé**, Karine Lottin, vous emmène cette fois encore dans une histoire aussi tendre que bouleversante, aussi passionnante que poignante. Guidé par Céline, l'héroïne, vous n'aurez qu'une envie, connaître la fin de l'histoire….

Avec ce dernier roman, **Le feu à la mémoire**, laissez-vous conter l'histoire émouvante et cruelle de deux amies, Sylvie et Agnès, unies depuis une enfance commune qui prendra une toute autre tournure avec la naissance de Claire, la fille de Sylvie.

-Allo ?
-Madame Tuffaut ?
-Oui
-Bonjour Madame Tuffaut, c'est Agnès.
-Bonjour Agnès. Tu veux parler à Sylvie ?
-Oui, je veux bien s'il vous plait.
-Ne quitte pas. Je te l'appelle.

Agnès l'entendit poser le combiné et appeler de loin
Sylvie, sa fille.

Agnès et Sylvie sont entrées en même temps à l'école
maternelle. Leurs mamans se plaisant à raconter qu'elles
sont arrivées ensemble sur le parking de l'école Clément
Ader, qu'elles se sont garées côte à côte et parcoururent
l'une derrière l'autre, le court trottoir qui menait à
l'entrée, en tenant leurs filles par la main.
En attendant que la maîtresse les appelle, elles ont
attendu dans le couloir en échangeant quelques mots
jusqu'à ce que Madame Gattioles, la directrice de
l'établissement annonce le nom d'Agnès Ramier puis
celui de Sylvie Tuffaut.
Les deux fillettes, dont les noms de famille se suivaient
dans l'alphabet, allaient être dans la même classe.
Ceci fit sourire les deux mamans qui laissèrent leurs
enfants rassurées.
Et cette complicité embryonnaire allait se confirmer au
fil des ans par une véritable intimité entre les deux petites
filles.
Elles n'eurent ni frère ni sœur mais point n'en était
besoin, elles se savaient unies par-delà leur sang.

Elles franchirent ensemble l'écueil de la rentrée en école primaire en étant dans la même classe jusqu'au cours élémentaire deuxième année puis furent séparées toute l'année scolaire du cours moyen première année.

Ce fut un déchirement. A tel point que les mamans craignirent un redoublement conjoint.

Aussi, en informèrent-elles les institutrices qui avaient déjà diagnostiqué le problème. Les deux fillettes accédèrent à la classe supérieure et furent à nouveau réunies.

Quand leurs familles respectives apprirent qu'elles passeraient en sixième au collège, il fallut déployer des monceaux d'arguments pour qu'elles comprennent qu'elles ne seraient peut-être pas dans la même classe.

Elles furent inséparables tout l'été.

Les parents de Sylvie prirent Agnès en vacances et Agnès partit avec Sylvie en colonie.

Quand l'heure de la rentrée sonna et que sur un tableau installé dans la cour du collège, elles lurent leurs deux noms dans la même sixième, elles en pleurèrent de joie.

Mais, elles ne le savaient pas encore, c'était leur dernière année en commun.

Le séisme fut difficile à vivre mais leurs parents respectifs les aimant beaucoup, ils ne manquaient jamais l'occasion d'inviter l'une ou l'autre pour le week-end ou pour des vacances.

Elles avaient, bien sûr, noué de nouvelles relations avec d'autres camarades mais rien d'aussi intime que ce qu'elles partageaient toutes les deux.

Agnès entendit un brouhaha puis la voix de Sylvie lui disant un sonore et joyeux :

-Allo

-Sylvie ?

-Oui ! Je suis contente que tu m'appelles. Je suis en plein dans les révisions du BEPC*et ça commence à me « gonfler »… lui dit-elle en riant.

-Je te comprends mais je t'appelle pour savoir si tu as allumé la radio ?

-Euh !... Non... Pourquoi ?

-Coluche est mort !

-Quoi ?

-Oui Coluche est mort. Il s'est tué à moto lui apprit Agnès tristement

-Je suis désolée. Je sais que tu l'aimais beaucoup. Sait-on ce qu'il s'est passé ?

-Ben on sait qu'il roulait à moto, assez vite et dans un virage, il n'a pas pu ralentir quand il a vu un camion manœuvrer et s'y est encastré.

Sylvie regarda machinalement la date du jour : 19 juin 1986.

-Et ben sacrée année dit Sylvie. Balavoine en janvier et maintenant Coluche…

---

*Brevet d'Etudes du Premier Cycle. Actuellement remplacé par le Brevet des Collèges

Les deux amies raccrochèrent en se souhaitant bon courage et surtout bonne chance pour le lendemain : Histoire-Géo, matière abhorrée par Sylvie.

Finalement, les deux amies obtinrent leur diplôme comme celui du Baccalauréat et pour finir, celui de la Licence en Lettres Modernes.
C'est d'ailleurs à l'université que Sylvie rencontra Clément Steppe, qui usait ses fonds de culottes sur les bancs de l'Unité de Formation et de Recherches en Langues Etrangères Appliquées et Agnès, Frédéric Téquat, étudiant, ironie de l'histoire, en Histoire.

Les deux garçons s'entendirent très bien et de notre duo naquit un touchant quatuor, si attendrissant qu'ils décidèrent de célébrer ensemble leurs mariages, les témoins des uns furent les témoins des autres, ce même jour où ils se dirent « OUI ».

Sylvie et Clément finirent brillamment leurs études. Sylvie devint assistante de direction pour la grande distribution et Clément embrassa une carrière militaire au plus haut niveau.

Agnès, quant à elle, put intégrer la fonction publique territoriale et Frédéric, l'hospitalière.

Les quatre amis avançaient conjointement dans la vie même si, sans en être conscients, ou ne voulant pas l'être, l'écart, au niveau du train de vie, commençait à se creuser.

Cela s'était vu tout de suite dès l'installation des deux couples.

Sylvie et Clément firent très vite l'acquisition d'une demeure « hippie chic » au cœur d'une belle campagne tout proche d'un lac privé. Agnès et Frédéric ne purent accéder qu'à un modeste bail de location.

Dire que les premiers se vantaient de leur réussite eut été un odieux mensonge. Ils n'avaient jamais fait ressentir leur différence de niveau de vie à qui que ce fut, encore moins à leurs amis qu'ils chérissaient.

Mais, la dague de la jalousie était malheureusement entrée dans le cœur d'Agnès et Frédéric et leurs rapports, insidieusement, se détérioraient.

Ils avaient moins de plaisir à leur rendre visite. Même l'appel du lac en été, n'était plus suffisant pour Agnès. Quand cette dernière recevait le couple à dîner, elle n'y prenait plus de plaisir et se sentait de moins en moins à la hauteur.

-Que vais-je leur préparer qui soit assez bien pour ces Messieurs-dames ironisait-elle avec Frédéric lequel faisait en sorte d'arrondir les angles, de calmer son épouse. Mais lui aussi était peu à peu gagné par les frustrations quotidiennes alors qu'« EUX » disaient-ils ne se privent de rien.

-Tu as vu l'autre jour, elle était tellement contente de me dire qu'ils partaient pour la Martinique. Avoir un lac ne suffit à MÔSSIEUR et MÂDAME crachait elle avec acrimonie.

Les époux Steppe ne se doutant absolument de rien, ne purent que partager avec eux, le plus beau jour de leur vie….

-Décroche Agnès ! Décroche ! disait-elle tout haut en sautant d'un pied sur l'autre

-Oui allo ?

-Agnès c'est moi ! hurla-t elle au téléphone

-Houla ! Pourquoi cries-tu ainsi ? lui demanda-t elle acerbe et s'inquiéta aussitôt que son amie ne s'en soit pas aperçu.

Mais, toute à sa joie, elle lui cria dans le combiné :

-JE SUIS ENCEINTE !!!

Agnès ne sut que répondre. Pendant quelques secondes peut-être trop longues, elle se tut puis se ravisa et manifesta sa joie à son amie.

Mais au fond d'elle, et elle espérait que Sylvie ne s'en était pas rendu compte, elle sentait naître une pointe de jalousie car en ce qui la concernait malgré des essais et des interventions médicales, pas de grossesse en vue.

-SUPER ! Je suis tellement contente pour toi lui répondit-elle enfin en taisant un sanglot dans la voix.

Je vais être tatie. Quel bonheur ! renchérit-elle comme pour s'en persuader.

Elle entendit Sylvie sourire et lui dire

-Tatie ! Tu veux rigoler ? Tu seras sa marraine et Frédéric, son parrain. Nous ne voulons personne d'autres.

Agnès s'effondra en larmes qu'elle maquilla en joie pour cacher sa tristesse de ne pas être mère.

En raccrochant, des larmes silencieuses lui montèrent aux yeux. Des larmes qui bientôt s'associèrent à un cri s'extirpant dans la douleur du fin fond de ses tripes. Un cri comme une souffrance qui exprime toute sa rage, toute sa fureur.

Frédéric, installé dans le canapé tout proche, n'avait que très discrètement tendu l'oreille.

Aussi quand il entendit sa femme fondre en larmes en hurlant, il se leva d'un bond et la rejoignit à temps pour qu'elle s'effondre dans ses bras.

-Elle est enceinte, ELLE.

Sa Majesté est enceinte hurla-t elle rouge de colère les joues baignées de larmes.

Leur faut-il tout dans la vie à ces nantis ? Qu'ai-je de moins qu'elle pour avoir si peu de chance ? continuait-elle de crier tout en pleurant sur l'épaule de son mari.

Frédéric ne pouvait que l'écouter et la câliner afin de l'apaiser. Mais rien n'y faisait. Elle avait quitté son étreinte pour déambuler dans le salon tout en hurlant, gesticulant et souhaitant, à son amie, le pire.

-Qu'est-ce qu'on a fait au bon Dieu nous ? Hein ? Réponds moi apostrophait-elle son mari

-Rien chérie essaie de te calmer

-Me calmer ! Me calmer ! Mais tu rigoles j'espère ? J'ai plutôt envie de leur casser « la gueule » à ces cons de « richos ».

Et maintenant, elle va m'appeler toutes les trois minutes pour se plaindre qu'elle a des nausées. Qu'elle est fatiguée. Que le médecin lui a dit ceci, lui a dit cela. Et elle va être trop contente de m'associer à son bonheur. On ne va plus parler que de ça.

…

Après un court répit, elle hurla de plus belle

-Et tu vas voir qu'elle va me demander de l'accompagner à toutes ses échographies de « merde ». Il faudra que je fasse celle qui est « troooop » contente de voir son haricot grandir, les mains qui se forment. Holalala ! Que c'est mignon. Qu'elle aille se faire « foutre » avec ses petites mains et son petit nez…..

Comme Agnès s'en était doutée, Sylvie l'associa, en effet, à chaque étape de sa grossesse, sans se douter une minute qu'elle en souffrait terriblement. Bien sûr, elles avaient évoqué ensemble, les problèmes d'Agnès et Frédéric à concevoir mais cette dernière ne voulait pas gâcher le bonheur de son amie, avec son chagrin. Elle avait pris sur elle, avait donné le change pendant neuf mois.

Mais dans l'intimité de leur foyer, Agnès et Frédéric laissaient libre court à leur colère. Dans un premier temps, Frédéric avait bien tenté de raisonner sa femme mais l'état dans lequel cette nouvelle l'avait mise avait eu raison de ses tolérance et bienveillance.

Elle l'avait phagocyté à sa cause et ainsi, avait-il pris en grippe à son tour les époux Steppe loin de se douter de cette aigreur qui s'était lentement mais surement installée.

25 août 1998

Sylvie et Clément Steppe ont la joie de vous annoncer la naissance de leur fille,

CLAIRE

48 cm et 3,5kg d'amour enchantent déjà nos jours.

Pendant toute la grossesse Agnès s'était acquittée de son devoir d'amie en bon petit soldat qu'elle était.
Se réjouissant avec son amie quand il fallait se réjouir.
S'inquiétant quand il fallait s'inquiéter.
Se faisant présente et disponible quand il fallait être présente et disponible.
Le tout en dissimulant sa rancœur, sa colère et sa jalousie.

Quand elle fut prise des affres de la naissance, Clément avait eu tout de suite le réflexe d'appeler Agnès et Frédéric. Sylvie avait eu immédiatement le sourire quand la sage-femme avait permis à son amie de passer la tête par la porte pour montrer à la future maman que sa sœur était là-car, c'est en ces termes que Sylvie avait parlé d'Agnès au personnel hospitalier.
Ils avaient attendu, attendu et attendu toute la nuit que le travail se déroule jouant le jeu de l'angoisse pour Clément mais le cœur n'y était déjà plus depuis bien longtemps et cette échéance prochaine ne faisait qu'en rajouter.
Aux premières lueurs de l'aube, les cris de la maman se turent pour laisser place aux premiers pleurs d'un nouveau-né.
Les époux Téquat se regardèrent les yeux pleins de rage au moment où Clément sortait de la salle de travail tenant un petit corps endormi au milieu d'un nid de serviettes.

S'approchant d'Agnès les yeux plein de bonheur, il lui tendit le nourrisson en lui disant :
-Je te présente Claire, ta filleule.

Agnès tendit les bras instinctivement pour accueillir le bébé et n'eut d'autre choix que de fondre en larmes. Clément interpréta ces sanglots comme la manifestation de son indicible joie ; seul Frédéric comprit la véritable signification de ces larmes.

Fatigués par cette nuit sans sommeil, Agnès et Frédéric prirent rapidement congé des nouveaux parents non sans les avoir largement félicités.

Le trajet du retour à la maison se fit dans un silence assourdissant.

Partagé entre le désir de faire parler sa femme et celui de se taire sachant très bien qu'elle était comme une bombe à retardement, Frédéric tentait de se concentrer sur sa conduite espérant par son silence échapper au tsunami qui l'attendait.

Le couple ne tarda pas à rejoindre son lit et Frédéric s'endormit aussitôt mais rapidement, des bruits sourds le réveillèrent. Il tendit l'oreille pour en connaître l'origine. Se tournant vers Agnès pour voir si elle aussi les avait perçus, il se rendit compte que sa place dans le lit était vide.

Lestement, il se leva et se dirigea vers les bruits qui l'amenèrent au salon où il trouva Agnès, aux prises avec une bouffée délirante, en train de casser les chaises de la cuisine et de la salle à manger en les projetant par terre et contre les murs.

Quand elle aperçut son mari la regardant d'un air hébété, elle courut le rejoindre.

-Je ne sais pas pourquoi j'ai fait ça chéri. Je suis désolée lui dit-elle en pleurant à nouveau sur son épaule. Il m'a semblé que ça me faisait du bien. Je m'en veux si tu savais en regardant autour d'elle les dégâts qu'elle venait de commettre.

En plus on ne roule pas sur l'or et moi je casse tout.

Je suis désolée chéri ? Pardonne-moi.

Frédéric se dégagea de son étreinte et d'un coup d'œil constata les dégâts.

-Chérie, je comprends ta peine, ton chagrin, ta rage même et je te soutiens depuis le début de la grossesse de Sylvie pour t'aider à endurer cette épreuve. Mais là, il faut que ça s'arrête, tu comprends ?

Comme tu le dis on ne roule pas sur l'or et tu casses le peu que nous avons.

Il va falloir trouver une solution pour que tu te calmes.

-Je sais chéri mais j'ai tellement pris sur moi pendant ces neuf mois d'enfer. Tu comprends ?

Il a fallu que je joue le jeu de la joie, du bonheur, de l'amitié alors que je souffrais les cent diables.

-Je sais mon cœur mais il ne faut pas que ça prenne ces proportions.

Viens on va s'asseoir sur le canapé et boire un grand verre d'eau fraiche, ça nous fera du bien à tous les deux.

Hagarde, Agnès suivit son mari et ils discutèrent un très long moment oubliant la fatigue qui les tenaillait.

-SDIS 31 bonjour ! Que puis-je faire pour vous ?

-Bonjour répondit une voix affolée. Ici Madame Gaillard, il y a le feu chez nos voisins.

Calmement, le pompier modérateur lui demanda son adresse et s'il y avait du monde dans la maison ?

-On habite à la campagne il n'y a que des champs autour de nous je ne peux vous donner leur adresse exacte on ne voit que les fumées de chez nous. Ils habitent près du lac…

-D'accord je vois, j'envoie une équipe.

Quelques minutes plus tard, les soldats du feu avaient déjà déployé la lance, arrosaient copieusement l'incendie espérant pouvoir entrer, vérifier s'il y avait quelqu'un et sauver ce qui pouvait encore l'être de la maison de Sylvie et Clément.

Pendant que sonne le glas au clocher du village, trois cercueils font leur entrée dans l'église.

Un couple de personnes âgées les suit, chancelant et accablé de chagrin.

Le couple de voisins ayant donné l'alerte, les rejoint pour les soutenir et leur glisser à l'oreille tout leur appui.

Les parents de Sylvie esquissent un timide sourire de remerciements et le cortège reprend sa lente marche jusqu'à l'autel.

6 mois plus tard

LORCA, TORREMOLINOS, TOLEDE-Espagne

Le printemps s'annonce déjà chaud sur les routes
andalouses.
Un camping-car serpente nonchalamment entre les
oliviers.
Le conducteur a ouvert la vitre pour humer cette senteur
sèche et sauvage qu'on ne connait que dans le sud de
l'Espagne.
Il respire et soupire d'aise.
Inutile de se presser se dit-il, la saison des fraises et des
asperges ne commence que dans dix jours. Même en se
présentant au dernier moment chez un producteur, il
trouvera une place.
Il se surprend à siffloter quand une voix douce venant du
fond du véhicule l'interpelle doucement.
-Chéri, ne siffle pas trop fort. J'ai eu toutes les peines du
monde à endormir Justine. Avec cette chaleur, elle ne
cessait de pleurer.
Elle n'eut d'autre réponse qu'un sourire et le silence qui
suivit.
Quand elle se fut assurée que la petite dormait
paisiblement bercée par les soubresauts de la route,
Laurence rejoint François en cabine.
-Tout va bien chérie ? demanda-t il gentiment
-Oui ça va. Je suis arrivée à l'endormir lui répondit-elle
en souriant tout en ouvrant à son tour la vitre de son côté.
Il fait déjà chaud dis donc. On va souffrir sous les
serres….

-Oui je le sais mais c'est aussi grâce à cette mission qu'on peut ensuite prendre les seules vacances de l'année.

-Je le sais chéri, je le sais.

Le couple se tut tout en regardant défiler les kilomètres qui les amènent à Lorca aux portes du parc National de Cazoria.

Cette région est une forte zone agricole qui descend jusqu'à Alméria. Des kilomètres et des kilomètres de serres ont défiguré peu à peu la région mais les enjeux économiques sont les plus forts, alors le gouvernement a développé la manne.

Fraises, asperges se partagent la vedette en cette saison. Le travail est harassant : debout pour cueillir des fraises qui n'ont jamais connu le « goût » de la terre ou courbé pour désensabler des centaines et des centaines de rhizomes mais les espagnols paient bien leurs saisonniers. Quelquefois, ils offrent le gîte et quand la mission est finie, ils offrent aux travailleurs un peu de leur récolte.

François est content de cette nouvelle expérience.

Au bout de quatre heures de route, il demande à Laurence de se saisir de la carte routière afin de l'aider à trouver son chemin.

Les exploitations sont, souvent, comme de juste, en plein champs et donc très peu signalées.

Laurence dubitative énumère patiemment les noms des villages et lieu-dits qu'elle aperçoit sur la carte jusqu'à ce qu'un nom fasse écho à son conducteur de mari.

-Vélez Blanco répète-t il en écho

C'est cette direction qu'il faut prendre puis nous
arriverons au pied du château et il n'y aura plus qu'à
suivre la direction du Camiral.
Laurence regarda son mari admirative qu'il arrive à se
repérer, se diriger dans un pays qu'il ne connait pas avec
une langue qu'il ne connait que très peu.
Elle se retourna brièvement vers le lit parapluie où
dormait toujours Justine à poings fermés et rassurée,
continua à regarder défiler les kilomètres.
Quand ils arrivèrent aux pieds du château, un petit
panneau annonçait : « Camiral quatro kilométros* ».
-Nous y voilà bientôt. Je te propose de rester avec Justine
dans le camion le temps que je m'organise avec le patron
et je reviendrai te dire ce qu'il en est.
Laurence opina du chef et referma la carte routière
cependant que François essayait de trouver en vain un
coin d'ombre pour garer le camping-car.

---

*Camiral, quatre kilomètres

Trois jours après, le patron de l'exploitation agricole embauchait le couple pour le ramassage des fraises. Quand Laurence l'avait informé qu'ils avaient un bébé, le patron, Don Juan, leur avait répondu avec bienveillance que Dona Maria, sa femme, se ferait une joie de le garder durant la journée.

-Como se llama ?*

-Justine

-Yustina ? répéta-t il interrogateur en transformant le J par un « yeu »

Laurence se tourna dubitative vers son mari qui lui expliqua brièvement qu'en Espagne la lettre J prononcée « Jeu » n'existe pas. Le J en espagnol s'appelle la Jota et se prononce comme un R fortement appuyé. Aussi transforment-ils le « Jeu » en « Yeu » parce que c'est pour eux plus facile.

Yustina lui répondit en riant Laurence

-Muy bien**

Ma femme la gardera. Nous avons six petits-enfants alors une de plus ou de moins, elle ne verra pas la différence.

Laurence et François avait remercié mille fois le patron et s'étaient aussitôt dirigés vers les serres pour ne pas perdre de temps et se montrer digne de la confiance et du geste qu'il leur faisait.

Pendant vingt jours, très tôt le matin jusqu'en milieu d'après-midi, Laurence et François ramassaient, cueillaient.

---

*Comment s'appelle-t il ?
**Très bien

Laurence passait chercher Justine chez Maria qui lui donnait toujours un petit quelque chose à manger pour le repas du soir.

Ils y touchaient à peine car une fois le biberon donné à Justine, ils s'endormaient souvent le ventre creux harassés de fatigue.

La mission terminée, les adieux furent difficiles.

Maria s'était attachée à Justine et au vu des sourires de cette dernière, elle aussi avait été choyée.

-L'année prochaine, on compte sur vous leur avait fait promettre le patron tout en leur donnant des barquettes de fraises, d'asperges et même quelques courgettes.

Laurence et François l'avaient promis, avaient remercié du fond du cœur et montèrent à bord de leur camping-car afin de reprendre la route direction Torremolinos pour des vacances dignes de ce nom.

Pendant une semaine, ils ne se refuseront rien et surtout se reposeront avant de reprendre la route pour Tolède pour aider au damasquinage des bijoux : technique ancestrale consistant à enchâsser un fil de cuivre, d'or ou d'argent dans un bijou afin de créer un motif décoratif.

François avait su par Pedro, un pêcheur de Torremolinos, que Don Pablo était à la recherche d'un ouvrier pour travailler à la forge/fonte.

Laurence s'était inquiétée de la rudesse de cet emploi mais rien ne faisait peur à François.

Aussi, un matin dès que Pedro lui a dit que l'usine ouvrait à quatre heures du matin, il s'y présenta et demanda le contremaître Don Pablo.

-Tu es qualifié ? lui demanda-t il tout de go

-Non jefe* mais j'apprends vite

Je suis un bon ouvrier vous verrez

Don Pablo se gratta la barbe dubitatif quand François renchérit en lui disant qu'il venait de la part de Pedro de Torremolinos.

-AAAAH mais là ce n'est pas la même chose. Si Pedro te recommande, je te prends sans réfléchir.

Pedro est un brave homme vaillant. S'il t'envoie c'est que tu es comme lui…. suspendit-il sa phrase.

-Vous n'aurez pas à vous plaindre vous verrez

-Tu es libre quand ?

-Tout de suite jefe

-Allez alors suis moi.

François suivit Don Pablo dans le dédale et le fracas assourdissant des machines-outils. Le patron stoppa ses pas devant un monstre muni de multiples bras, de multiples tentacules plutôt, où pouvait s'entendre un sinistre grondement.

-Reste à distance tant que je ne t'ai pas donné ton équipement de travail lui intima Don Pablo.

François obéissant resta à bonne distance quand le monstre sembla se réveiller. D'un ronflement sourd, il poussa tout-à-coup un souffle puissant et terrifiant comme venant du fin fond des enfers. Une large bouche s'ouvrit pour montrer un intérieur incandescent.

Par certains de ses bras, sortirent des escarbilles et par ses tentacules jaillirent des flots de métal en fusion.

---

*chef

François regardait avidement ce spectacle qui, à la fois,
l'effrayait mais surtout le captivait.

A la minute où il vit le monstre en action, il eut envie de
travailler auprès de lui pour, d'une certaine façon,
l'adopter.

-Voilà… Pardon comment tu t'appelles, j'ai oublié de te
le demander

-François répondit-il aussitôt.

-François ! répéta le contremaître. En Espagne, François
se dit Paco, voire Paquito quand c'est affectueux.

François lui sourit en guise de réponse et Don Pablo
poursuivit sa phrase en lui disant :

-Mais pour l'instant ce sera François d'accord ? lui
demanda-t il d'un air entendu.

Il comprit à ce moment-là qu'il allait devoir faire ses
preuves.

Don Pablo lui demanda de le suivre dans les vestiaires et
lui donna son équipement.

Le bleu de travail que je te donne est traité pour résister
au feu ainsi que les chaussures de sécurité. Ne t'inquiète
donc pas si une escarbille tombe dessus. En revanche, si
tu reçois une coulure de métal, il faut appuyer tout de
suite sur le bouton poussoir de sécurité. Je te montrerai
mais souhaitons que ça n'arrive pas car dans ces
conditions, ce sont les bomberos* qui interviennent.

-Oui alors espérons qu'ils n'aient pas à se déplacer
répondit François en souriant.

---

*pompiers

-Voilà les lunettes. Tu les chausses en entrant dans l'atelier et tu les enlèves en en sortant. Si pour une raison ou pour une autre, tu dois les enlever, tu informes ton binôme, je vais te le présenter et tu sors de l'atelier.

D'accord ? Tu m'as bien compris François ? C'est très important accentua-t il fortement. François l'assura qu'il avait bien saisi et déjà lui emboitait le pas pour rejoindre le monstre tentaculaire.

La mission dura trois semaines durant lesquelles,
Laurence avait réussi à trouver une place de « plongeur »
à l'auberge du village. Cantonnée toute la journée dans la
cuisine à faire la vaisselle des repas mais aussi les verres
et tasses des clients de passage, elle avait obtenu le droit
de poser le couffin de « Yustina » dans un coin. Ainsi,
était-elle en sécurité auprès de sa mère.
Les patrons de l'auberge n'étaient pas très communicants
mais ils étaient sympathiques et quand Laurence dit à la
patronne Dona Luisa qu'elle allait repartir sur les routes,
elle lui donna, pour Justine, un bol à oreille gravé à son
nom.
-Elle l'aura pour plus tard dit-elle les larmes aux yeux.

Les deux femmes se quittèrent en se promettant de se
revoir.

Dans le camping-car sur la route les menant au Portugal
pour « faire la saison », Laurence et François étaient fiers
d'avoir réussi aussi leurs différentes missions et d'avoir
créé de si jolis liens avec leurs patrons.
-Je pense dit François avec orgueil que nous pourrons
nous y représenter l'an prochain la tête haute.
Laurence acquiesça en se félicitant de cette vie de
nomade aussi riche que pleine de surprises et de
rencontres.

-Chérie murmura François tout en secouant légèrement le bras de Laurence endormie sur le siège passager du camping-car.

Elle maugréa un peu et entrouvrit un œil.

-Qu'est-ce qu'il y a ? On est arrivé ? lui demanda-t elle encore sommeillant

-Oui ma douce. J'ai vu le panneau annonçant FATIMA dans six kilomètres.

Laurence se retourna prestement pour jeter un œil à leur fille qui dormait toujours.

-Elle est calme la rassura François. C'est ta digne fille lui dit-il en souriant, elle s'endort à la minute où elle met le pied dans le camion.

Laurence lui rendit son sourire et s'étira.

François ralentit en passant devant l'édifice majestueux. Tout de pierre blanche constitué en son centre, s'érige fière et altière, la flèche de la basilique Notre-Dame du Rosaire de laquelle part, de chaque côté, une galerie abritée d'arcades grandioses légèrement incurvée formant un arc de cercle invitant les fidèles à se sentir en sécurité entre les bras de Fatima.

François avança quelque peu encore et par chance, trouva une place où garer leur véhicule. Il enleva sa ceinture de sécurité et s'étira à son tour.

-Que veux-tu faire ?

Tu restes au camping-car avec Justine pendant que je vais voir le vicaire ou tu veux venir avec moi ?

Laurence réfléchit un peu et lui répondit qu'elles allaient venir avec lui mais qu'elles l'attendraient sous les arcades.

La petite famille arriva face à la basilique et au moment où elle avançait dans l'allée centrale, un groupe d'une dizaine de personnes les précéda, s'agenouilla devant elle et tout en psalmodiant débuta une lente montée à genoux vers la basilique.

Laurence, intriguée, interrogea du regard son mari.

François prit par la main sa femme pour contourner le groupe et ils s'éloignèrent.

-Ce sont des catholiques pratiquants qui voient dans le fait de parcourir toute la montée vers la basilique, à genoux tout en priant, un acte de contrition envers Dieu. Comme à Lourdes, tu te souviens quand nous avons monté le chemin de croix et que nous avons gravi les degrés de l'escalier de la première station à genoux afin que Dieu nous exauce et que nous puissions avoir un enfant ?

Laurence acquiesça d'un signe de tête.

Eh bien voilà, c'est la même chose ici.

Se faisant, ils étaient arrivés aux portes de la basilique que François poussa.

Une fraicheur bienvenue les accueillit.

Laurence en soupira de bien-être et ôta le petit bonnet de la tête de sa fille qui sembla en sourire d'aise elle aussi.

-On va plutôt t'attendre ici, à l'ombre et au frais dit Laurence à François en souriant.

-D'accord mes chéries. Je reviens.

Laurence regarda son mari s'éloigner vers le chœur et disparaître par une petite porte latérale.

Justine, silencieuse, comme si elle avait saisi toute la solennité du lieu, ouvrait grands les yeux autour d'elle.

Laurence la redressa et lui murmura à l'oreille

-Tu vois tous ces jolis cadres accrochés aux piliers de chaque chapelle ce sont des images saintes du chemin de croix.

C'est le chemin que Jésus a dû faire pour expier les péchés du monde.

Quand tu seras plus grande je te raconterai son histoire.

Pour l'instant, ouvre grand les yeux ma fille car c'est grâce à Notre Seigneur que tu es là lui dit-elle en l'embrassant les larmes aux yeux.

Au bout d'un court moment, Laurence vit revenir François arborant un sourire radieux.

Il doit avoir une bonne nouvelle à m'annoncer pensa-t elle

Quand il fut proche de ses femmes comme il aimait à les appeler, il pinça avec douceur les bonnes joues de Justine et dit en souriant à Laurence.

-C'est bon. Le vicaire m'a dit que nous étions embauchés pour tout le mois de juillet.

-C'est bien je suis contente dit Laurence soulagée.

Tu n'as pas eu de problème de compréhension ?

-Non on s'est débrouillé : moitié anglais-moitié espagnol. Cela les fit rire.

-On commence quand et que devons-nous faire ? Tu as pu avoir des précisions car il faut s'organiser pour Justine ? demanda Laurence un rien soucieuse.

-Ne t'inquiète pas.

On est censé faire l'entretien de tout le site…

-De tout le site ? reprit elle étonnée. Mais c'est énorme.

-Mais non. Quand je dis le site, c'est juste l'intérieur de la basilique : le sol, les balcons, les coursives et le chœur.

Laurence laissa échapper un « ouf » de soulagement et François poursuivit.

Donc, on doit assurer l'entretien de la basilique mais aussi la billetterie d'accès à la crypte de Jacinthe et Lucie et s'assurer de la visibilité et disponibilité des informations.

Pour ce qui est des visites guidées, le vicaire m'a bien précisé que c'était l'office du tourisme qui s'en chargeait, il faudra juste que nous veillons à accueillir les visiteurs pour qu'ils attendent tous au même endroit et en silence.

-D'accord dit Laurence. A-t il dit qui devait faire quoi ?

-Non ! Non ! Pas du tout. Nous nous organisons comme on veut. Aussi, je te propose de faire la billetterie et l'accueil comme ça tu pourras garder Justine et moi je ferai l'entretien.

Laurence suggéra un tour de rôle pour éviter la pénibilité incombant toujours au même mais François ne voulut rien savoir et dès le lendemain matin, les rôles furent établis.

Le mois de juillet s'écoula sans qu'ils s'en rendent compte. Le nombre de visiteurs semblait s'accroître tous les jours.

François faisait de son mieux pour assurer le ménage des lieux sans en gêner la fréquentation. Certains soirs plus que d'autres, il était si exténué qu'il s'endormait même le ventre creux. Justine qui semblait avoir compris la fatigue de ses parents était d'une sagesse exemplaire. Elle aussi s'endormait dans les bras de sa mère, le biberon a peine avalé.

Quand arriva la fin de la mission, Senor Jousé-Gil,
vicaire de son état, vint saluer la petite famille et leur dire
toute sa satisfaction.
-Vous reviendrez l'an prochain, c'est promis ? leur dit-il
avec un joli accent dans la voix.
François acquiesça.
Les deux hommes se saluèrent d'une poignée franche et
solide et la famille tourna les talons.
En s'installant dans le camion, François clama avec joie :
-En route pour la plage, Mesdames. On part pour Nazaré
-OUIIIIII s'exclama Laurence. On pourra aller se
baigner !!! dit-elle en prenant Justine dans ses bras et en
effectuant une petite danse avec elle.

La mission dura deux longs, très longs, mois à Nazaré. François avait trouvé une place de serveur, plongeur, homme de ménage et à tout faire dans un bar-glacier-pizzeria-sandwicherie-saladerie.

Comme disait Laurence, comme ils font de tout, il faut que tu saches tout faire. Ce fut deux mois plus qu'exténuants. Le couple était tellement fatigué qu'ils privilégiaient le bien-être de leur enfant mais qui, à la minute, où elle s'endormait, en faisaient de même oubliant même de manger.

Laurence avait trouvé une place en journée de réceptionniste dans un hôtel et en fin de journée, elle assurait la vente des billets pour le funiculaire permettant d'accéder au vieux Nazaré.

Justine, impassible, dormait ou jouait dans son couffin.

Quand la fin septembre montra le bout de son nez et que la plage vit ses derniers vacanciers la quitter, François annonça à ses femmes que l'heure de leurs vacances avait sonné.

Pendant quinze jours, la petite famille put dépenser un peu de son pécule si durement gagné. Les parents purent se reposer et Justine récemment initiée aux joies de la plage appréciait grandement les baignades.

Comme disait souvent François avec une petite fierté dans la voix :

-Je crois qu'on est heureux.

En octobre, la petite famille avait repris le chemin de l'Andalousie où François avait pu effectuer une dernière mission, chez un producteur-exploitant d'olives qui avait besoin d'une main d'œuvre ponctuelle ne comptant pas ses heures pour conditionner les olives destinées à l'exportation.

Cette fois, seul François avait pu trouver un emploi.
Laurence, installée dans le camping-car avec Justine se faisait une joie de concocter des petits plats pour réconforter son mari qui rentrait épuisé.

Les mois d'hiver furent difficiles.
Même si l'Espagne est le pays du soleil, du point de vue agricole, il n'y a guère de choses à faire.
Ils durent veiller avec sérieux sur leurs dépenses car les missions ne reprendraient qu'en mars ou avril.
Laurence s'en inquiétait et François la rassurait en lui disant qu'ils étaient déjà sur place. Dès qu'il entendrait parler des premières récoltes, il ne perdrait pas de temps pour aller se présenter.

Le printemps revint et en effet, François réagit rapidement. Il se présenta chez l'agriculteur où ils avaient travaillé l'année précédente.
Don Juan reconnut tout de suite François et le gratifia d'une accolade virile. Il se pencha vers Justine se cachant dans le décolleté de sa mère
-Eh bien alors petite « Yustina, tou as bien grrandi » dit-il en souriant et manifestement très heureux de les revoir.

Justine avait bien grandi en effet.
Laurence avait dû laisser quelquefois François assumer
seul les missions pour faire la classe à leur fille qui
parlait à présent bien mieux l'espagnol que le français.
Elle était jolie leur Justine. Un rien potelée comme les
méditerranéens les aiment, elle était bien dans sa peau.
Elle arborait une peau dorée toute l'année et offrait un
visage rond, radieux et encadré de longs cheveux
châtains qui s'éclaircissaient sous le soleil andalou. Ses
yeux noirs et ses jolies lèvres ourlées commençaient à
faire tourner quelques têtes adolescentes.
Et puis, elle commençait à s'ennuyer en compagnie
seulement de ses parents. Elle avait demandé plusieurs
fois à pouvoir travailler avec ses parents mais Laurence
n'y tenait pas.
-Je préfère que tu fasses tes devoirs. Tu ne vas pas faire
le même travail que nous toute ta vie !
Justine soufflait et retournait au camping-car en râlant.

Un soir en rentrant des serres, François interpela
Laurence à voix basse tout en la retenant d'une main.
-Regarde lui dit-il en montrant la direction du camion.
Laurence leva la tête et vit Justine appuyée sur le pas de
porte minaudant devant un jeune homme.
Laurence accéléra soudain le pas pour ne pas laisser
perdurer la scène mais François intervint.
-Laisse la chérie. C'est de son âge.

-Mais tu sais qui c'est ce gamin ? lui répond-elle en fronçant les sourcils

-Oui c'est Javier.

-Oui et il a 19 ans....

-Et elle en a 15. Ne t'inquiète donc pas comme ça. Il ne l'a pas demandé en mariage la nargua-t il

-Ô toi !! Rien ne t'inquiète !!

-C'est normal ma chérie, toi tu t'inquiètes de tout et pour tout lui dit-il en la prenant sans ses bras.

Regarde on dirait nous à leur âge.

-Bopf ! On ne s'est pas rencontré si jeune !

-Eh bien c'est dommage. Je t'aurais épousée plus tôt lui rétorqua-t il en riant

-« Bonyour mademoisselle » se hasarda Javier en regardant Justine droit dans les yeux.
« Yé m'appelle Javier et tou ? »
-Justine lui répondit-elle rougissante
-« Yustina quel djoli nombré »

Justine le remercia tout en le détaillant.
« Joli garçon » se dit-elle. Grand, musclé, de beaux yeux noirs profonds aussi noirs que son opulente chevelure contrainte par un catogan, une belle peau hâlée et ce si charmant accent quand il fait l'effort de parler français. Justine est tellement sous le charme qu'elle omet de lui préciser qu'elle parle aussi bien espagnol que lui. Mais surtout il y a quelque chose qui l'interpelle. Quand elle l'aperçoit ou qu'elle lui parle, elle ressent comme des papillons dans le ventre. C'est à la fois un peu douloureux mais si agréable.
Pourra-t elle en parler à sa mère ? se demande-t elle.
Ce n'est pas à sa mère dont on parle de ça c'est à une amie mais cette vie de nomade ne lui a jamais permis de nouer de véritables relations.

-« Yé voulais té demander… » hésita Javier
« Tou voudrais bénir ce soir ? se lança-t il
-Euh oui pourquoi pas ? Il faut que je demande à mes parents mais oui. On irait où ?
-« Yé travaille avec dix jeunes. On est …. Comment vous dité ?... interrogea-t il du regard Justine
« Tou sais quand on aime faire des chosses ensemble ? »
-Copains lui répondit aussitôt Justine
-C'est ça : co-pains répéta-t il

Oui on est copains. On a décidé « dé sé réounir cé soir pour un barbecue. Tou veux bénir ? »

-D'accord. Je demande à mes parents… s'interrompt-elle quand elle les voit approchant et les montrant à Javier. Ce dernier ne sut que faire partir en courant ou rester pour se présenter. La rapidité avec laquelle les parents de Justine arrivèrent à ses côtés ne lui laissa l'occasion que de se présenter.

-« Bonyour Madame et Monsieur. Yé mé préssente. Yé m'appelle Javier. Yé travaille avec vous aux fraisses »

-Bonjour Javier répondit gaiment François tout en tendant la main pour le saluer.

Laurence quant à elle resta en retrait, méfiante.

-« Yé voulait inviter Yustina cé soir. On fait une soirée barbecue. Vous voulez bien qu'elle vienne s'il vous plait ? » demanda-t il affable

-NON cria spontanément Laurence

Les trois comparses se retournèrent interloqués.

-NON ? hurla Justine. Pourquoi tu ne veux pas ? continua-t elle de crier.

Je fais toujours tout ce que tu veux. Je vis comme une recluse dans ce camping-car. Je ne peux même pas sortir pour aller au collège puisque c'est toi qui me fait la classe.

J'en ai marre, tu entends, MARRE hurlait-elle.

François calma sa fille et dit aux adolescents.

-On va en parler ensemble. Si on est d'accord pour que Justine participe à cette soirée, c'est moi qui l'amènerai et qui viendrai la chercher à l'heure que nous aurons décidé. Et ce sera non négociable. Vous m'avez bien compris ?

Justine et Javier baissèrent le nez et Javier prit poliment congé.

Quand Javier fut hors de vue, François demanda à Justine de rester à l'extérieur, le temps qu'ils discutent avec sa mère sur l'autorisation de sortie.

De longues minutes s'écoulèrent durant lesquelles elle entendit par moments des éclats de voix.

Puis un long silence s'en suivit et la porte du camping-car s'ouvrit sur son père qui d'un sourire la renseigna sur leur décision.

Justine sauta de joie tout en se demandant ce qu'elle allait pouvoir se mettre ?

20h30, deux silhouettes se distinguent à l'horizon du champ que Don Juan avait la gentillesse de prêter aux jeunes pour qu'ils puissent se réunir.

Javier, impatient, faisait depuis une heure les cent pas devant ses camarades hilares de le voir dans cet état :
-Elle t'a tapé dans l'œil la petite française hein ? se moquaient-ils
Jusqu'à ce que l'un d'entre eux lui crie
-Regarde qui arrive ?
Javier en tremblait de joie. Il accourut à la rencontre de Justine et de son père.
-Bonsoir Javier. Je te la confie donc. Mais pas de bêtise hein ? PAS DE BETISE insista-t il.
-Non Monsieur « yé vous lé promets ».
-D'accord. Je reviens la chercher à minuit et demi pas une minute de plus. Entendu ?
-Oui Monsieur on vous attendra.
-Très bien. Amusez-vous bien.
François fit un petit signe de la main à Justine qui déjà s'éloignait pour rejoindre le groupe de jeunes.

Des coups insistants et de plus en plus forts se font
entendre à la porte du camping-car.
Laurence sursaute et secoue François, à présent tout à fait
réveillé.
François bondit hors du lit et ouvre la porte
précipitamment sur un Javier transi de peur et une Justine
en nage et agitée de terribles tremblements.
-Mon Dieu qu'y a-t il ? demande François très inquiet
Laurence bondit, à son tour, vers eux et prend sa fille
dans ses bras tout en portant invective au pauvre garçon
qui est incapable de dire ce qui est arrivé à Justine.
-Sauve-toi Javier. On s'occupe d'elle
-« Yé souis dessolé. Yé souis dessolé » répétait-il
-Oui ! Oui ! D'accord mon garçon, rentre au campement.
A demain.
Javier tourna les talons tout en adressant un dernier coup
d'œil à une Justine toujours terrorisée.

Assises, Laurence berçait sa fille qui ne cessait de pleurer dans ses bras.

-Qu'est-ce qui s'est passé mon bébé ? Raconte-moi ? Ce garçon t'a fait du mal ?

Entre deux reniflements, Justine disait que non mais au moment où elle essayait de raconter ce qui était arrivé, les larmes et les tremblements redoublaient.

-Ma puce l'interpella son père il faut que tu nous dises ce que tu as. Ça te fera du bien de parler.

Justine se calma un peu et se redressa.

Sa mère lui tendit un mouchoir.

Son père lui servit un verre d'eau ; la petite sembla reprendre son souffle et put parler à ses parents.

-Tout allait bien. On était installés sur des bancs, le patron nous avait prêté des tréteaux et des vieilles portes pour qu'on s'en serve de tables. Avec les filles, on a pris des vieux morceaux de tissus et on a nettoyé les portes. Les autres ont commencé à apporter les verres, les assiettes et les couverts. On a tout installé à l'ombre des deux gros cerisiers. On était bien.

Puis à la nuit tombée, les garçons ont commencé à entasser planches, veilles étagères en bois, quelques bouts de meubles, j'ai même vu des chaises et ….

Des larmes commencèrent à humidifier à nouveau ses yeux.

Son père tendit ses mains pour saisir les siennes et ainsi la rassurer et l'encourager à continuer.

Et puis, ils ont rajouté du papier, plein de journaux et du carton.

Au début, ça allait. Je me sentais bien. Puis, renifla-t elle, je ne sais pas ce qui s'est passé. Le feu a émis un fort grondement et tout le tas de bois s'est embrasé.

Justine se remit à pleurer dans le giron de sa mère en hoquetant de frayeur.

-Mais enfin, dit-elle en se redressant comme un diable sortant de sa boîte, qu'est-ce que j'ai eu ?

François et Laurence se regardèrent et ne lui répondirent pas.

Le printemps touchait à sa fin et avec lui, celle des fraises.

La famille allait bientôt reprendre la route pour suivre leur parcours annuel et rejoindre Torremolinos pour des vacances bien méritées.

Justine d'abord triste de quitter Javier, avait beaucoup pleuré à l'heure des adieux, mais s'était trouvée ragaillardie à la perspective des quelques jours de plage qui l'attendaient.

Elle savait que, ses parents plutôt économes toute l'année, dépensaient sans compter durant cette période.

Elle pouvait demander tout ce qu'elle voulait, elle l'avait.

-Maman cria-t elle depuis le fond du camping-car.

-Oui ma chérie

-Dans ma revue, « la edad de los adolescentes » (l'âge des adolescents), ils disent que cette année, la mode est à la marinière et elle se décline aussi en maillot de bain. J'ai vu un petit bikini magnifique. Tiens regarde ! dit-elle en se précipitant vers l'habitacle.

Laurence jette un œil perplexe à François qui le lui renvoie résigné, comme pour lui dire « c'est de son âge ! ».

Laurence se retrouve aussitôt avec la revue en main et regarde la photo sur laquelle se trouve une adolescente blonde et bondissante éclairée par un large sourire extrêmement surfait dans une ambiance de plein été.

Elle fait pivoter le journal pour le montrer à son mari qui hausse les épaules pour toute réponse.

-Oui bon enfin on verra. Ce maillot me semble par trop osé…

Devant la réponse de sa femme, François lève ostensiblement les yeux au ciel.

Laurence se renfrogne sur son siège et Justine rejoint dépitée mais silencieuse l'arrière du camion.

François peina à trouver une place où garer leur véhicule.

Il finit par en débusquer une près du port.

-Pouah ! râla Laurence. Ça va sentir la marée si on reste là !

-Oh mais toi, de toute façon, rien ne te va jamais ! cria rageusement Justine.

-Comment parles-tu à ta mère ? lui demanda Laurence passablement agacée.

-Mais c'est vrai quoi ! Je demande un maillot, tu trouves à redire.

Papa se gare où il peut car Dieu sait que ce n'est pas facile avec ce « tank » et tous les touristes qui se garent n'importe où et tu trouves à redire….

Faudrait faire preuve d'un peu plus de souplesse…

Laurence, sans voix, se tourna vers son mari pour qu'il intervienne.

Il n'en fit rien. Au contraire, il souhaitait que les femmes règlent seules leur différend.

-Eh voilà ! Tu brilles encore et toujours par ton silence et c'est moi qui passe pour « l'emmerdeuse » de service.

François soupira, serra le frein à main, déboucla sa ceinture et descendit du véhicule pour toute réponse, visiblement exaspéré.

Laurence surprise de cette « démission », se tut et en fit de même suivie de près par une Justine, énervée.

-Eh ben, je vous félicite tous les deux crut bon d'ajouter Laurence, elles commencent bien les vacances !

François, qui avait su contenir sa colère, explosa.

-Comment ? Tu oses nous mettre la faute sur le dos alors que c'est toi qui fais des histoires pour rien.

Laurence ouvrit des yeux ronds hésitant entre colère et irritation.

-Ben oui. Elle veut un maillot à la mode. Elle ne t'a pas demandé un porte-jarretelle hasarda-t il, lui-même surpris de tenir tête ainsi à son épouse.

Elle a un maillot une pièce noir, tout ce qu'il y a d'ordinaire voire de vieillot. Elle a 15 ans, il faut qu'on se mette à la page. C'est normal tu comprends chérie, dit-il en se radoucissant.

Laurence bégaya

-Mais…. Mais…. C'est un maillot pour adolescente fofolle et délurée renchérit-elle

-Mais non ! C'est un maillot pour adolescente en effet. Mais notre fille n'est ni fofolle ni délurée.

Justine ne dit rien et au contraire, assistait aussi agréablement surprise qu'étonnée à l'affrontement verbal de ses parents. Elle se dit que c'était la première fois que son père tenait ainsi tête à sa mère et qu'il s'en sortait bien.

« Beaucoup de bruit pour pas grand-chose. Comme d'habitude finalement avec maman » se dit-elle.

La famille reprit sa promenade en silence le long du port de pêche pour essayer de croiser Don Bernardo, patron d'un bateau-usine, sur lequel François souhaitait être embauché.

Laurence avait tenté de le raisonner en lui disant que c'était leurs seules vacances et qu'il voulait encore les passer à travailler et sur un bateau de pêche qui plus est. Elle avait souligné le fait que c'était dangereux car il pratiquait la pêche au lamparo.

François lui avait rétorqué débonnaire

-Ben justement. Je pêcherai la nuit, ça me permettra d'être avec vous le jour et on en profitera davantage.

-Tu vas travailler la nuit sans dormir le jour ?

Tu crois que tu as encore 20 ans pour tenir de telles cadences ?

François lui avait souri en guise de réponse et les voilà cherchant Don Bernardo.

-Tiens regarde dit-il soudain.

« La Sirena », c'est le bateau de Bernardo.

-Comment tu le sais ? répondit Laurence surprise

-C'est Juan qui m'y envoie.

Don Bernardo ne se trouvait plus à bord à cette heure tardive de la matinée.

En tant que patron, il laissait ses ouvriers finir le travail et lui, il allait au bar « Las Asturias » « tomar el desayuno »*

La famille suivit donc la direction donnée par un des employés de Bernardo pour le rejoindre au café.

---

*Prendre le petit-déjeuner

-Bonjour, je suis François. Je suis envoyé par Don Juan de la ferme de Camiral. Je cherche Don Bernardo.
Une voix rauque se fit entendre au fond de l'établissement.
Il se dirigea vers elle et découvrit un vieil homme attablé chétif mais doté d'une musculature inouïe, la peau tannée à la fois par le soleil mais surtout par le sel marin. Un mégot éteint collé au coin des lèvres, il baragouinait dans son coin avec cette voix si rauque, si profonde, si basse qu'elle en était parfois inaudible.
François s'approcha davantage et lui tendit une main pour le saluer mais Bernardo ne lui tendit pas la sienne.
François, surpris, ne se troubla pas pour autant et se présenta une nouvelle fois.
-Tu me dis que tu es envoyé par Juan de Camiral. Mais je ne connais personne là-bas, moi.
Tu n'essaierais pas de « m'entourlouper », petit ?
-Non Monsieur. Pourquoi le ferai-je ? J'ai travaillé chez Don Juan pour la récolte des fraises et quand je lui ai dis que je descendais sur Torremolios et que je voudrais bien y trouver du travail, il m'a conseillé de m'adresser à vous en se recommandant de lui. C'est ce que je viens de faire. Je viens chercher du travail sur votre bateau.

Le vieil homme ne répondit pas. Il s'appuya sur ses deux bras décharnés mais tendus de muscles vifs et puissants pour s'aider à sortir de derrière la table. Une fois debout devant François, il faisait bien trois tête de moins que lui mais il imposait le respect naturellement.

Il se rapprocha encore de François. Ce dernier pouvait presque sentir sa respiration soulever sa poitrine. Il sentait le poisson et le dur labeur.

François pensa que cet homme « hors d'âge » était encore à bord de son bateau toutes les nuits. Cela lui paraissait incroyable.

-Sois ce soir à 21h30 EXACTES sur le quai devant La Siréna. C'est mon bateau.

Sans laisser à François le temps de répondre, de le remercier, le vieil homme quitta le café avec une rapidité étonnante pour ses vieilles jambes.

Laurence et Justine avaient vu sortir le pêcheur suivi peu de temps après par un François, surpris, sans voix.

Laurence interrogea son mari du regard qui lui dit qu'à priori, il était embauché

-L'homme n'est pas prolixe dit-il en riant

21h20, François, un rien anxieux, attend sur le quai où mouille La Sirena.

Laurence et Justine l'ont accompagné mais sont restées en retrait, lui adressant de temps en temps un petit signe d'encouragement.

Les premiers ouvriers arrivèrent à 21h25, puis les derniers à 21h30, l'un d'entre eux, un gaillard aussi large que haut, sans le saluer ni autre forme de procès, lui intima l'ordre de monter à bord.

François, stupéfait, se retourna prestement pour adresser un dernier signe à sa famille et emboita le pas à son « collègue ».

A 21h35, le bateau appareilla sans qu'il ait vu Don Bernardo.

Justine se retourna dans son lit et Laurence sursauta dans le sien. Elle n'avait pas beaucoup dormi, tourmentée par de mauvaises pensées. Mais elle avait fini par sombrer dans le sommeil. Elle regarda l'heure au radio-réveil : 8h30

Laurence se dressa promptement et aperçut François qui rentrait sans faire le moindre bruit.
Il vit sa femme assise dans leur lit et lui sourit.
Il avait les traits tirés et paraissait essoufflé.
-Ça va ? murmura-t elle soudain inquiète
-Oui ! Oui ! lui susurra-til pour la rassurer.
-Tu ne viens pas te coucher ? s'étonna-t elle
-Non, je sens beaucoup trop mauvais.
Je suis venu te rassurer et je repars au port me doucher comme ça je ne réveillerai pas Justine. Rendors-toi, je reviens tout de suite après.
Laurence ne se rendormit pas bien sûr et choisit au contraire, de s'habiller pour attendre son mari à l'extérieur du camping-car.

François réapparut une bonne heure après et lui dit en souriant pour masquer au mieux sa fatigue :
-Excuse-moi chérie. Il y avait la queue. Il n'y a que six box pour tous les marins alors chacun attend son tour. Ça va toi ? s'enquit-il. Et Justine ? Vous avez bien dormi ?
-Justine a mis un peu de temps à s'endormir. Quant à moi, j'ai tourné, viré de longues heures mais le sommeil m'a rattrapée.
-Tant mieux sourit François

-Et toi ? Comment ça s'est passé ? C'est dur comme métier non ? Es-tu fatigué ? Tu n'es pas blessé ?
Laurence inquiète voulait tout savoir.
François lui sourit et lui dit
-Ecoute chérie, j'ai terriblement besoin d'un café. On va aller le prendre sur le port et je te raconterai tout.
Laurence laissa un mot à Justine pour qu'elle les rejoigne dès son lever et les deux époux partirent main dans la main, un rien mutins.

-Alors raconte-moi demanda Laurence impatiente à peine
s'étaient-ils installés à une table en terrasse afin que
Justine les trouve plus aisément.
François un sourire las aux lèvres, commença son récit.
Laurence le regardait avec autant d'intensité qu'
l'écoutait.
Il lui raconta que dans la seconde moitié du XIXème
siècle, Espagnols et Italiens utilisaient de façon courante
les "feux" pour diverses pêches la nuit. C'est ainsi que
les Italiens inventèrent le filet tournant à fermeture par
glissière ; très tôt, les Espagnols suivirent.
En France, les autorités craignant un accroissement
incontrôlé des prises, interdirent la pratique de cette
pêche au "feu". Les prud'homies catalanes, argumentant
d'une part l'appauvrissement des fonds exploités par les
chaluts et les palangres,   et, d'autre part, l'abondance des
petits pélagiques, réussirent à obtenir le 30 janvier 1926
l'autorisation pour le "Roussillon" de pratiquer la pêche
au lamparo avec le filet tournant à fermeture par
glissière, au-delà des trois milles de la côte.
La rentabilité de cette pêche, était très importante, elle fit
l'objet dans un premier temps de nombreuses
controverses. De plus, les Roussillonnais bénéficièrent du
savoir-faire de leurs amis catalans du sud. Mais c'est
surtout après la guerre civile d'Espagne que ces Catalans
furent les initiateurs de la pêche au lamparo, notamment
en Côte Vermeille. Ils devinrent des résidents permanents
avec leurs familles, beaucoup de femmes étaient des
remailleuses de filets.
-Comment tu sais tout ça ? s'étonna-t elle

-Ben on a le temps avant de rejoindre le site de pêche, alors le gars, tu sais le costaud qui m'a fait monter à bord ?

Laurence acquiesça de la tête

-Eh ben c'est lui qui m'a raconté tout ça.

Sous ses airs bourrus et « a-social », c'est un puits de science qui n'a jamais pu quitter le pays, SON pays et il a fait le seul travail que sa famille, les gens d'ici connaissent : la pêche.

On s'est beaucoup rapproché. Il m'a pris sous son aile et j'ai beaucoup appris cette nuit à son contact.

Laurence souriait, heureuse qu'il ait rencontré un collègue sur lequel compter.

-Ce n'est pas dangereux ? s'inquiéta-t elle à nouveau

-Si bien sûr lui répondit-il franchement mais c'est Alvaro qui a pris tous les risques.

-Pour combien de temps, es-tu embauché ?

-Deux semaines d'après ce que m'a dit Alvaro.

-Alvaro ? C'est un de tes collègues qui te parle de ça ? Mais où est le « vieux » ? l'interrogea-t elle

-Je ne sais pas, je ne l'ai pas vu de la nuit.

-Ah bon ? C'est curieux non ? Hier, quand on le cherchait sur le port, les ouvriers t'ont répondu qu'à cette heure-là, il petit-déjeunait au bar. Et la nuit dernière, il n'était pas à bord ? fronça- t elle les sourcils

François ne sut que lui répondre et il ne trouvait pas la situation suspecte.

Alvaro lui avait dit être embauché pour deux semaines, deux semaines, il ferait.

Dans sa tête, il compta rapidement ce que cette mission rapporterait à toute la famille et sourit sur sa fatigue.

Ces deux semaines furent épuisantes, harassantes même pour François qui s'efforçait de ne dormir que trois heures l'après-midi pour passer le plus de temps possible avec « ses femmes ».

Quand la dernière aube se leva sur sa mission, le bateau filait sur une mer d'huile en direction du port, les cales pleines de poissons et autres fruits de mer que François avait eu d'abord du mal à identifier mais qui, maintenant, n'avaient plus aucun secret pour lui : sardines, anchois, maquereaux et calamars.
Il se laissait aller à une rêverie paresseuse satisfait du travail accompli, des liens tissés avec Alvaro et de la somme rondelette qu'il avait réussi à thésauriser quand la même voix rauque qui l'avait accueilli au fond de ce bar si sombre se fit entendre.
François sursauta et tourna sur lui-même croyant avoir rêvé.
De la cabine de pilotage sortit le vieux Bernardo affichant un sourire édenté devant l'étonnement de François.
-Eh oui ! Je suis là. Toutes les nuits, je suis à bord. Je t'ai observé, j'ai demandé aux gars ce qu'il pensait de toi, de ton travail.
Tu es très apprécié, petit.
François ne sut que lui répondre mais « le vieux » ne lui en laissa pas l'opportunité.
Je pense que tu es un vaillant. J'ai d'ailleurs appelé Juan pour le remercier de t'avoir envoyé.
Alvaro, mon second, a beaucoup aimé travailler avec toi.
Tu es le bienvenu à bord, petit.

Sache que si tu cherches du travail tu en trouveras toujours chez le vieux Bernardo.

Se faisant, le bateau approchant du port, il était temps pour l'équipage de débuter la procédure d'accostage. Don Bernardo tourna les talons et repartit s'enfermer dans le poste de pilotage.
Alvaro rejoint François pour l'aider à manipuler les bouts et les bouées de pare-battage. Il lui asséna une bourrade amicale et les deux hommes, les deux amis, pouvait-on dire d'eux, se mirent au travail.

Sur le quai, les adieux furent rapides car la fierté andalouse ne peut se satisfaire de larmes et d'embrassades. Mais l'amitié était désormais bien présente et solide.

Avant de renter, sans même prendre le temps de se doucher aux box du port, François, tenant serré dans sa poche, la belle liasse qu'il avait gagnée en deux semaines, se rendit au centre-ville et après avoir poussé la porte de deux magasins, trouva dans le troisième, le bikini-marinière tant désiré par Justine.

Laurence n'avait fait aucun commentaire quand elle avait vu François offrir le maillot à leur fille.
Elle s'était renfrognée et Justine avait sauté de joie au cou de son père.
-Dis papa ! Je peux aller à la page pour l'essayer?
François regarda Laurence qui lui adressa un regard comme pour lui dire : « tu as fait ce que tu voulais en le lui achetant alors continue ».
Justine était suspendue aux lèvres de son père qui finit par acquiescer dans un sourire.
-Mais…Mais…dit-il le doigt levé, nous y allons tous les trois. Allez les filles ! En tenue !

Justine ayant lestement sauté dans son nouveau maillot, trépignait devant le camping-car, attendant que ses parents soient prêts.

En chemin, elle les précédait de deux à trois foulées.

-Regarde comme elle est jolie notre fille dit François à Laurence avec de la tendresse dans la voix
-Oui elle est jolie et c'est pourquoi, il faut qu'on fasse attention à elle rétorqua Laurence agacée

-Mais que veux-tu qui lui arrive ? Elle est tout le temps avec nous.

-Et à Camiral, elle était avec nous aussi…. ? demanda-t elle suspendant sa phrase

François sait très bien ce à quoi Laurence fait allusion : l'incident du feu de camp.

-Mais enfin chérie. Ce n'était rien. Elle a juste eu très peur, elle n'a jamais été en danger.

-Oui… Oui…. dit-elle sans plus

Dès leur arrivée à la plage, Justine ôta prestement sa robe et la jeta ainsi que sa serviette à sa mère pour filer tout de suite à l'eau.

Laurence regarda courir sa fille. Elle était très jolie en effet. Elle avait perdu un peu de ses rondeurs de l'enfance, elle arborait de magnifiques cheveux longs châtains et depuis peu, deux énormes créoles ornaient ses oreilles.

Son père lui avait dit qu'elle était son espagnole préférée. Elle lui avait sauté au cou.

Laurence n'était pas jalouse de leur complicité, elle la leur enviait.

Elle avait beau essayer de faire comme François pour voir si elle réagirait de la même manière, malheureusement, cela finissait souvent par une dispute.

Laurence ne savait pas comment faire ou Justine en avait-elle peut-être assez de la voir agir ainsi.

Un jour, elle avait surpris une conversation entre eux, ils la croyaient partie mais elle était revenue plus tôt que prévu et les avait entendus.

-Pourquoi maman se comporte-t elle avec moi comme ça ?
-C'est-à-dire comme ça ?
-Eh bien tout est sujet à reproche. Elle trouve toujours à redire à propos de tout et surtout de n'importe quoi.
-Mais non.
-Mais enfin si papa, ne me dis pas que tu ne le vois pas ?
Quand je parle, j'en dis trop. Et quand je ne parle pas, elle me reproche de « faire la tête ». Elle me dit qu'on ne peut rien me dire sans que je le prenne mal.
C'est épuisant cette relation.
-Mais non. Ta mère prend soin de toi à sa façon.
-Ouai et ben qu'elle s'en abstienne, je m'en porterai mieux.
-Arrête Justine. Ce n'est pas gentil de porter de tels jugements sur ta mère. Elle fait de son mieux.
-Et quand je m'intéresse à quelque chose et qu'elle fait semblant de lire….. Tu te souviens quand on parlait de musique l'autre soir, elle nous a coupé la parole pour évoquer le mode d'emploi du nouveau poêle pour cet hiver.
Pour cet hiver papa, nous sommes en juin…
Tu comprends que je puisse être lassée de son attitude puérile et inexcusable.
On ne doit pas brimer son enfant sans raisons.
Elle pense que chaque fois qu'elle ouvre la bouche, elle est intéressante.

Mais qu'elle s'en détrompe. La plupart du temps j'écoute ses jérémiades plus pour avoir la paix que par intérêt. Mais ça, je ne le lui dirai jamais…. A quoi cela pourrait-il bien servir qu'à « foutre davantage la merde » entre nous et surtout entre vous et ça aussi, elle me le reprocherait. Alors « je la ferme » et j'ai la paix.

Justine arrêta son monologue, haletante. Elle fixait le sol comme pour reprendre des forces et son souffle.

-Allez ma fille. Elle ne va pas tarder à revenir du point d'eau, je ne souhaite pas qu'elle entende notre conversation.

Des mamans, on n'en a qu'une et c'est la tienne. Aime la malgré ses défauts même si elle ne t'aime pas comme tu le voudrais, elle t'aime à sa façon, c'est bien l'essentiel non ?

Justine ne répondit pas, se dirigea vers sa couchette et prit un livre.

François attendit le retour de sa femme en feuilletant une revue.

Laurence s'éloigna en silence et fit semblant de revenir en accentuant le bruit des bassines et des seaux s'entrechoquant pour signaler sa présence.

Quand elle monta dans le camping-car, sa fille n'eut aucun regard pour elle, seul François lui adressa un sourire qui parut vouloir la réconforter, la rassurer.

Elle ne lui a jamais dit qu'elle avait surpris cette conversation qui lui avait fait beaucoup de mal et à laquelle elle repensait encore souvent.

« François a raison, je ne sais pas comment l'aimer »
s'était-elle dit.

De retour de la plage, Justine jubilait dans son maillot. Elle avait fait tourner quelques têtes dont une en particulier qui l'avait invitée à boire une orangeade sur la promenade en bord de plage.

Justine s'était tournée vers son père pour lui demander la permission d'accepter mais contre toute attente, c'est Laurence qui accepta dans un sourire.

Justine regarda son père sans y croire mais il opina du chef pour corroborer l'avis de son épouse ; laquelle rajouta :

-Tu y vas mais quand on rentre, tu rentres avec nous, d'accord ?

-D'accord maman. Merci maman cria-t elle en s'éloignant déjà escortée par ce bellâtre bronzé et athlétique.

Une fois seuls, François prit tendrement la main de sa femme et y déposa un baiser.

Laurence lui sourit en retour.

Justine virevoltait, chantonnait dans le camping-car tout en se préparant pour la soirée à laquelle Diego l'avait invitée. Ses parents avaient accepté d'un commun accord ; seules contraintes :

-Ton père t'amène et vient te chercher avait souligné sa mère. Je ne veux pas que tu marches seule à travers champs à une heure si tardive.

Justine, trop contente, avait bien sûr consenti à ce compromis.

La soirée s'était déroulée à merveille. Sur la route du retour, elle avait tout raconté par le menu à François. Comment une telle était habillée « en mode trop te-pu ». Comment un tel était « borracho » (saoûl). Comment elle avait « trooooop biiiien dansé ». Comment elle trouvait Diego « trop beau quoi !! ». François s'amusait beaucoup de la façon de parler de ces adolescents. Sa génération aussi, avait eu son propre langage, cette manière de tenir les adultes à l'écart. Laurence était restée éveillée après le départ de François attendant leur retour pour espérer pouvoir « voler » quelques-unes de ses confidences.

-Aaah soupira-t elle je suis contente que maman ait accepté que j'aille à cette soirée. C'était « trop bien » !

Laurence sourit. C'était peu mais c'était déjà ça.

Elle les entendit monter dans le camping-car. Justine se coucha aussitôt et François la rejoint.

A voix basse, elle lui demanda si tout allait bien. François lui donna un baiser en soufflant un « oui » épuisé mais content.

Le lendemain et au vu de l'heure à laquelle Justine était rentrée, Laurence et François décidèrent de la laisser dormir.

-Elle est grande maintenant ne t'inquiète pas. Elle saura se débrouiller pour le petit-déjeuner. On va lui laisser un mot comme ça elle saura où nous sommes. On ferme et ça ira.

Les époux s'éloignèrent du camping-car ; direction le centre-ville pour effectuer un léger ravitaillement. Il allait bientôt falloir penser à reprendre la route.

…

Ils étaient sur le chemin du retour quand ils furent dépassés par un camion de pompiers qui filait à toute vitesse dans la même direction qu'eux.

Laurence intriguée, accéléra le pas et aperçut des fumées en arrivant au dernier tournant. Le champ, en bordure de la route et dans lequel ils étaient stationnés, était en flammes.

Ils se regardèrent et instinctivement coururent à perdre haleine vers leur camion pensant à leur fille sans doute horrifiée, terrifiée, certainement morte de peur.

Les pompiers leur défendirent l'accès à la zone dans un premier temps mais voyant Laurence pleurer en montrant leur camion et entendant François hurler que leur fille se trouvait à l'intérieur, ils arrosèrent les herbes sèches en direction du véhicule pour le protéger.

François sauta à l'intérieur et démarra aussitôt laissant Laurence s'occuper de leur fille, tapie sous la banquette de son lit, le visage inondé de larmes, haletante et tremblante comme une feuille, incapable d'articuler le moindre mot.

Un fois le camping-car éloigné des flammes. François le rangea maladroitement sur le bas-côté et souffla tout en s'appuyant sur le volant. Reprenant ses esprits, il sortit rejoindre Laurence et Justine extirpée de sa cachette, les yeux encore écarquillés trahissant une peur intense.

Laurence la tenait dans ses bras et François, d'une main douce, dégagea les mèches encore collées sur son front.

Un murmure se fit entendre.

-Que dis-tu chérie demanda doucement Laurence

Justine haletait et tremblait toujours autant.

-Tu as parlé chérie répéta Laurence

-Il y avait des flammes partout… murmura Justine le regard hagard.
Maman ! Il y avait des flammes partout répétait-elle horrifiée.
Laurence la berçait comme pour l'aider à se rassurer tout en regardant François resté mutique.

Des longues minutes s'écoulèrent où nul ne parla. Justine resta blottie dans les bras de sa mère qui la câlinait et François, s'étant rassis à la place du conducteur, redémarrera.

Le ronronnement du moteur avait eu raison de la frayeur de Justine qui dormait pelotonnée contre sa mère.

François pour se rassurer, jetait un œil dans le rétroviseur pour croiser le regard et le sourire de sa femme.

Justine ne s'éveilla que peu avant leur arrivée à Ronda. François avait entendu parler d'un propriétaire de chevaux andalous qui cherchait un palefrenier pour quelques jours. Ils monteraient vers Tolède ensuite. Ils n'étaient pas pressés.

-Ca va ma fille ? demanda François tendrement
Justine répondit en opinant du chef.
-Où sommes-nous ?
-A Ronda ma douce
-Quoi ? Mais on est parti de Torre (diminutif de Torremolinos) sans que vous m'ayez laissée dire au-revoir à Diego ?
Des éclairs de colère traversaient ses yeux.
-Mais ma chérie, tu ne te souviens pas de l'incendie ?
-Mais si mais pourquoi sommes-nous partis si vite ? Tu aurais pu te garer ailleurs et me laisser le temps de revoir Diego ?

François regarda Laurence d'un air entendu.

La crise était passée. Voilà revenue l'adolescence irascible qu'ils aimaient tant.
Ils se sourirent complices.

Ils ne restèrent que trois jours à Ronda, le temps pour
François de remplir sa mission.
Le patron de l'écurie n'était guère aimable, il exploitait
sans vergogne la main d'œuvre à bon marché, leur
imposant de faire des heures indues. Le quitter fut plutôt
un moment agréable pour François qui décida de ne pas y
revenir l'année suivante lors de leur tournée.

Cinq heures les séparaient de Tolède, la famille décida de
partir sans tarder, quitte à rouler de nuit, ou s'arrêter sur
la route en cas de fatigue et ainsi arriver de bonne heure.
-J'irai voir Don Pablo tout de suite en arrivant. Il sait
qu'on passe toujours autour de cette période, il aura peut-
être du travail pour moi.
-D'accord et moi j'irai à l'auberge. La Luisa me
reprendra peut-être comme elle le fait chaque année.

Les époux reçurent bien sûr le meilleur des accueils chez
leur employeur respectif.
Comme avait dit Don Pablo à François qu'il appelait
maintenant Paquito (petit François : surnom affectueux) :
-« Yé t'attendais hijo »*

---

*fils

-« Viens ma touté bella Yustina » lui dit Don Pablo avec beaucoup d'affection. « Yé voudrais tou donner quelque chosse »

Laurence avait déjà quitté Luisa et son emploi de serveuse-plongeuse et accompagnée de Justine avait décidé de venir attendre François à la sortie de l'usine. Pour lui aussi, c'était la fin du contrat. Demain, ils reprenaient la route pour Fatima au Portugal.

Quand Don Pablo avait suivi François jusqu'à la sortie de son établissement, il allait lui donner un cadeau pour Justine mais la voyant attendre son père, il décida de le lui donner en main propre.

-« Madamé vénez vous aussi » s'adressant à Laurence. « Commé ça vous verrez ma usiné ».

Justine souriante prit sa mère par la main et elles rejoignirent François qui suivait déjà Don Pablo parmi les machines-outils qu'il connaissait maintenant par cœur.

Durant ces quinze dernières années, il avait pu, grâce à la confiance du patron, s'exercer sur chacune d'elle. A tel point que Don Pablo, lui-même, lui avait dit un jour : « un your sé séra toi lé patrrronn ».
François avait ri mais avait été touché intérieurement.

…

Comme il le pensait, la petite équipe s'arrêta devant la pieuvre. Don Pablo voulait faire un peu peur à Justine, pensant à la tête qu'elle ferait quand elle l'entendrait gronder puis souffler et enfin cracher.

Malheureusement, le spectacle ne fut pas ce qu'il espérait.

Quand le grondement eut lieu, Justine resta stoïque. Puis très vite quand le souffle s'épancha pour finir en une explosion de fumées, d'étincelles et de fontaine de métal en fusion le tout couronné par l'intervention de l'ouvrier qui alimenta à ce moment précis la chaudière provoquant des flammes dignes de l'enfer, elle hurla et partit en se heurtant un peu partout, faisant tomber des pièces, des outils, bientôt suivie de ses parents essayant de la rattraper pour la calmer et laissant interdits Don Pablo et son ouvrier, ayant cru bien faire en lui montrant le fonctionnement.

Justine ne cessa sa course qu'une fois dans la cour de l'usine. Elle s'appuya sur ses genoux tentant de reprendre son souffle, agitée de tremblements.

Quand sa mère s'approcha, elle se redressa telle une furie et hurla de plus belle
-Mais enfin qu'est-ce que j'ai ?
Pourquoi ai-je aussi peur des flammes, du feu ?

Laurence la prit dans ses bras pour la calmer mais aucun de ses parents ne lui répondit.

Justine faisait quelques pas dans la cour pour s'apaiser quand elle entendit son père l'appeler. Don Pablo voulait la voir.

Elle respira profondément, ajusta un sourire sur son visage et s'approcha de Don Pablo encore tout penaud.
-« Excousez moi Madémoisselle Yustina. Yé né voulais pas vous fairé peurrr »
-No importa. Nos se preocupe (ce n'est pas grave. Ne vous inquiétez pas) dit-elle en espagnol afin de le rassurer totalement.
J'ai seulement peur du feu. Regardez ça va déjà mieux
Don Pablo la regarda bien content qu'elle se sente mieux.
-« Alooors yé voulais té donner quelque chosse. Pour qué tou n'oublie yamais el viejo Pablo (le vieux Pablo) »

Il farfouilla dans la poche de son bleu de travail et en fit glisser une chainette en or aux délicats maillons représentant des fers à cheval entremêlés.
-« Lé ferrr à tcheval ça porrrte bonheurrr » lui dit-il en la lui enroulant dans le creux de la main. « Yé té souhaite beaucoup dé bonheur ma pétité Yustina » les larmes aux yeux.

Elle se jeta à son cou spontanément pour le remercier et en regardant mieux le bijou, se tourna vers sa mère et lui demanda dubitative :
-Mais tu n'aurais pas le même ?
-Si ma chérie. C'est pour ça que Don Pablo l'a reproduit à l'identique. C'est un bracelet qui a une grande signification affective pour moi.

-Aaaah Papa tu es encore passé par là? dit-elle en faisant un clin d'œil à son père.
-Non ma chérie. Ce n'est pas ton père qui me l'a offert. Un jour, je te raconterai l'histoire de ce bracelet mais pour le moment, je suis heureuse que tu aies le même. Il lie notre famille encore plus.

Justine trouva sa mère bien énigmatique mais se contenta de cette explication et toute à sa joie, demanda à Don Pablo de le lui accrocher au poignet.

FATIMA-NAZARE-Portugal
PAYS BASQUE-France

L'épisode de la forge fut vite oublié. Personne n'en
reparla et la tournée reprit son cours.
La famille fit une halte pour la saison à Fatima pour finir
par Nazaré.
Les employeurs de Laurence et François étaient toujours
très heureux de les revoir, ils les savaient vaillants,
fiables et honnêtes.
Et puis, ils avaient vu grandir Justine ; tout était prétexte
à lui faire des cadeaux dès qu'ils revenaient chaque
année.

…

L'année qui suivit commença comme d' habitude avec la
saison des fraises à Lorca, puis les vacances à
Torremolinos même si François avait réintégré son
uniforme de marin pour La Sirena, puis Tolède où Justine
ne rentra jamais plus dans l'usine. Elle avait commencé à
donner un coup de main pour le service à l'auberge car
malheureusement, la Luisa était décédée l'hiver
précédent. Justine avait beaucoup pleuré cette grand-
mère de substitution. Puis, Fatima, Nazaré, le tout
saupoudré de quelques historiettes d'amour.
Justine ne s'attendait pas à ce que cette fin de saison soit
différente des autres.
Et pourtant, quand elle s'aperçut que son père ne
reprenait pas la même route, elle s'interrogea en silence
et observa la route un moment.

Le camping-car n'était plus tout jeune ; comme ta mère et moi avait souligné en riant son père.

François le ménageait autant que possible. Les trajets en une seule traite étaient moins longs. Ils s'arrêtaient plus souvent pour le laisser refroidir.

Et c'est dans cette guimbarde familiale à laquelle ils tenaient tant que Justine se rendit compte qu'ils ne retourneraient pas à Lorca pour le printemps.

Au contraire, ils étaient en route pour remonter toute la côte jusqu'à Porto avec quelques incursions dans les terres pour aller visiter Coimbra, puis ils rejoindraient St Jacques de Compostelle, Bilbao, San Sébastien. Et puis…. Et puis…. LA FRANCE : St Jean de Luz, et peut-être Bayonne.

Justine, interloquée de ce changement dont elle n'avait pas eu vent, interrogea ses parents.

Laurence, solennelle, prit alors la parole :

-Ma chérie, je voulais que pour la dernière année, puisque te voilà majeure dans quelques jours...

Justine jubilait…

… Tu connaisses autre chose que notre tournée avec les mêmes lieux aux mêmes périodes.

Tu es née en France, je veux que tu la connaisses avait-elle dit émue.

Justine s'était précipitée pour embrasser sa mère.

Si après ce périple, tu veux encore nous suivre, j'en serai bien heureuse mais si tu veux rester en France, tu le pourras.

On ne fait pas des enfants pour soi. Il faut que tu construises ta vie comme ton père et moi et j'espère que tu la réussisses encore mieux.

Les deux femmes pleuraient dans les bras l'une de l'autre tandis que François essayait de garder le cap à travers ses yeux humides.

La famille passa la frontière de nuit.

Laurence et François se regardèrent mal-à-l'aise et Laurence murmura :

-Que va-t on faire si on nous demande nos pièces d'identité ?

-On en a déjà parlé chérie hein ?... rétorqua-t il un peu vivement

Laurence baissa la tête et regardant ses mains enroula ses pouces dans sa paume pour se donner du courage et leur apporter de la chance.

Et ça a marché. Il n'y avait personne au poste de garde, la cahute était fermée et quand François avisa le panneau France, il tapota légèrement le genou de son épouse et lui dit tout bas :

-Sauvés !

Quand Justine s'éveilla, il était encore de bonne heure.
Elle entendit la respiration paisible et régulière de ses
parents dormant encore.

Elle décida en silence de s'habiller et de sortir pour
découvrir un peu le village dans lequel ils s'étaient
arrêtés, épuisés, cette nuit.

Quand elle ouvrit la porte, son cœur s'emballa, ses yeux
s'écarquillèrent pour observer un paysage merveilleux se
déployant devant elle.
Un charmant village basque à l'architecture contrastée
de rouge et de vert.
Elle fit quelques pas sur la place de l'école et de la mairie
et poussa jusqu'à l'église Saint Pierre.
Un bruit de balle attira soudain son attention. Elle tourna
sur elle-même pour découvrir non loin, un fronton où des
pelotaris s'affrontaient amicalement dans une langue
qu'elle ne perçut pas comme le français que ses parents
lui avaient enseigné.
Elle se dit qu'elle leur en parlerait.
S'éloignant encore de quelques pas, elle avisa un
panonceau mentionnant le « château de Belzunce »
comme une curiosité locale. Elle eut tout de suite envie
de le découvrir.
Elle virevolta les bras tendus comme pour embrasser
chaque particule de ce village qu'elle avait déjà en partie
adopté. Elle se sentait bien ici.

« Pourquoi maman m'a dit que si je voulais rester, je le pourrais ? Pourquoi ne resteraient-ils pas avec moi ? se demandait-elle ».

Retournant au camping-car, elle s'aperçut que les rideaux étaient relevés, les parents sont debout se dit-elle courant à leur rencontre.

-C'est magnifique ici, cria-t elle en ouvrant la porte du camion.

Les parents sursautèrent en l'entendant mais se regardèrent bien contents d'avoir fait mouche dans leur choix.

-J'en étais sûr lui dit François. C'est ici que j'ai grandi…
-Tu as grandi ici ? répéta Justine interloquée
Mais… Mais… Je ne le savais pas…
-Je le sais, nous n'en avons jamais parlé…répondit-il en baissant le regard nostalgique.
Vous devriez voir le village en été. Il grouille de touristes même de locaux revenus au pays pour en gouter la douceur de vivre.
Mais, ici, **en hiver**, il n'y a que **10 habitants** dit-il en faisant un clin d'œil à Laurence.
Allez, venez mes femmes, je vais vous faire découvrir « mon havre de paix de l'enfance ».

Quelques semaines s'écoulèrent dans la quiétude familiale.

Justine semblait prendre ses marques « à la française ».

Ses parents s'en rendaient bien compte.

Un soir qu'elle lisait sur sa couchette, Laurence et François étaient partis se dégourdir les jambes mais surtout ils souhaitaient évoquer ensemble quelle suite donner à cette escapade.

Ils firent quelques pas dans la fraicheur du soir d'avril.

Laurence frémit et resserra sa veste.

-Il fait plus frais ici que dans nos contrées espagnoles n'est-ce pas chérie ? dit François en riant

Elles te manquent ?

-Oui et non. Oui parce que le climat me convient plus que celui-ci mais non, car je crains de devoir laisser Justine ici.

-Je le sais. C'est une crainte que nous avons depuis sa naissance mais nous avons fait ce qu'il faut. Maintenant, c'est à elle de décider.

-Je sais. Je sais répondit Laurence dépitée

Mais on ne peut pas la laisser comme ça, seule dans un hôtel pour tout logement.

Il faut qu'elle travaille.

Je lui ai fait la classe toutes ces années mais elle n'a jamais passé d'examen. Si elle veut rester ici, il faut qu'elle s'inscrive au lycée. Qu'elle valide au moins un diplôme. En France, c'est primordial.

-Oui tu as raison. Ecoute, demain, je te propose d'aller à Bayonne, d'acheter un bon petit repas pour le soir et tranquillement, tous les trois, nous en parlerons.

La nuit venait de tomber sur le parking à l'entrée du village où était stationné le camping-car. Une nuit de crachin dont l'humidité accentuait la sensation de froid. Laurence frissonna, François le remarqua et rapprocha le poêle. Elle lui sourit en guise de remerciements.
Il lui avait dit :
-Ce soir c'est moi qui m'y colle. Je vais tout préparer, faire chauffer, mettre la table etc. Je ne veux que te voir te reposer.
Laurence s'était approchée de lui et amoureusement, il l'avait prise dans ses bras.
Laurence pensait, goutant la chaleur de son corps, que de l'eau s'était écoulée sous le pont depuis leur rencontre. Ils en avaient vaincu des choses. Certaines douces et belles, d'autres plus difficiles, plus violentes même mais l'amour avait eu gain de cause.
La vieillesse commençait à donner des signes dans leur vie et elle sut, à ce moment-là, qu'ils étaient prêts à la vivre ensemble.
Elle resserra son étreinte à lui couper le souffle.
-Ca va ma chérie ? lui demanda-t il soudain inquiet
-Oui ça va lui avait-elle répondu en relevant la tête. Je t'aime c'est tout.
Les amoureux s'étaient embrassés tendrement.

Justine, en bon ouragan de fraicheur et d'énergie, rompit le charme en déboulant comme seule la jeunesse sait le faire.
-Eh ben alors les parents, on s'encanaille ?
Laurence avait souri et s'était dégagée de l'étreinte.

-Wahou ! Ca sent bon dites-moi ! Qu'est-ce que vous
avez fait à manger ? demanda-t elle déjà le nez dans la
casserole
-Teu ! Teu ! dit son père. Sors ton gros groin de là. Tu
verras ça tout à l'heure.
Pour l'instant, ta mère et moi voudrions te parler.
-Eh bien moi aussi figurez-vous. Je ne sais pas comment
vous le dire ni par où commencer mais moi aussi, je dois
vous parler.

La famille s'attabla et les parents décidèrent de laisser
leur fille engager la conversation.

Justine déglutit plusieurs fois ; autant de fois qu'elle
faisait et refaisait la phrase dans sa tête. Et puis, elle se
lança.
-Voilà ! Maman l'autre jour quand nous étions sur la
route pour aller en France, tu m'as dit :
« Tu es née en France, je veux que tu la connaisses.
Si après ce périple, tu veux encore nous suivre, j'en serai
bien heureuse mais si tu veux y rester, tu le pourras. ».
Eh bien, maman, papa, je voudrais rester ici.
Je me suis renseignée à la mairie l'autre jour, j'ai
demandé s'il existait un collège ou un lycée qui me
prendrait en internat. Ça me permettrait de me loger et de
faire quelques études.
Maman ! Ne te méprends pas, je ne te reproche rien. Si je
sais lire, compter, parler deux langues et connais à peu
près tout sur l'histoire et la géographie de l'Espagne et de
la France c'est toi qui me l'a appris.
Mais à 18 ans, il faut que je cherche du travail et si je
veux en trouver, il me faut un diplôme, si petit soit-il.

Un CAP ou un BEP serait suffisant. Je n'ai pas
l'intention de me lancer dans de hautes et grandes études.
En téléphonant au secrétariat du lycée professionnel
Ramiro Arrué à Saint-Jean-de-Luz, on m'a parlé d'un
CAP Petite Enfance ou Service à la personne.
Ça, ça m'intéresserait. Ça me permettrait de travailler
auprès des personnes âgées.
Et le lycée possède bien un internat donc pas de
problème de logement. Moi je suis tranquille et vous,
vous êtes rassurés.

François allait lui couper la parole quand elle lui
demanda de la laisser finir, qu'elle était lancée. Ils rirent.

Pour financer ces études et l'internat, j'ai pris rendez-
vous avec le maire d'ici.
Ça n'a pas été simple. J'ai 18 ans, il n'y a plus d'aide
gouvernementale pour les jeunes adultes.
Mais à force d'étudier toutes les possibilités, nous en
avons trouvé une.
La gare la plus proche d'ici est à Urt. Il y a une ligne de
bus qui la dessert. D'Urt à St-Jean-de-Luz, il y a 53
minutes de train donc nous sommes convenus que durant
les vacances scolaires, le maire allait m'embaucher ici
pour être animatrice au Centre de Loisirs.
Je lui ai demandé où je serai logée. Il m'a répondu qu'au-
dessus de l'école subsiste encore l'ancien appartement de
fonction de la directrice qui ne l'occupe plus. Il a été
transformé en salle de réunion mais la salle de bain et les
toilettes fonctionnent encore ainsi que le chauffage. Je
mettrai un matelas et un duvet et mes affaires dans ma
valise.

Pour deux semaines toutes les sept semaines sur une
période de deux ans, ça ira parfaitement bien.
Et puis, en été, rien ne m'empêchera de « faire la
saison », où trouver mieux que St jean de Luz ?...

Justine avait terminé et semblait reprendre son souffle.
Les parents se regardaient dubitatifs et très impressionnés
par toutes les démarches qu'elle avait effectuées sans le
leur dire.

-Une dernière chose s'il vous plait.
Si ce que je vous propose vous convient, il ne faut pas
« traîner ». On est en avril, les inscriptions sont closes
depuis la fin du mois de mars mais la secrétaire m'a dit
qu'il restait encore quelques places et qu'elle me laissait
jusqu'à la fin de la semaine pour me décider.
Nous sommes mardi. Il faudrait que je que lui réponde
jeudi dernier délai.

Laurence et François restèrent cois un moment
échangeant juste quelques regards dont Justine ne
parvenait pas à en connaître la signification.

Puis François prit la parole.
-Chérie ! dit-il à son épouse. Veux-tu t'exprimer ou je le
fais ?
Laurence lui fit signe de parler.

-Eh bien ce qu'on peut te dire tout de suite, c'est que tu
nous épates lui dit-il admiratif.

Tu as su seule prendre des renseignements auprès des bonnes personnes. Tu as su te poser les bonnes questions et trouver les bonnes réponses.

Tu as su tirer les bonnes ficelles et nous présenter ton projet de vie « à la française » avec précision, rien ne semble laissé au hasard.

Ma fille ! Ta mère et moi te félicitons.

Justine rosit et rougit.

-Nous nous doutons que ça n'a pas dû être chose facile pour toi de prendre cette décision. Nous serons très loin de toi, très bientôt. Tu es d'une grande maturité.

Laurence laissait couler ses larmes.

François retenait les siennes et Justine triturait ses mains pour faire diversion au chagrin de la prochaine, trop prochaine, séparation.

-Dois-je en conclure que vous êtes d'accord avec mon projet ? se hasarda-t elle pour en être sûre.

-Oui ma chérie intervint Laurence.

C'est d'ailleurs ce que nous souhaitions évoquer avec toi ce soir.

Tu as, en effet comme le dit ton père, dépassé nos espérances. Nous sommes fiers de toi, de la jeune femme responsable et solide que tu es devenue.

Nous sommes tristes de te laisser si loin de nous mais nous savons que tu sauras te débrouiller et BIEN te débrouiller insista-t elle admirative.

Justine vient s'asseoir auprès de sa mère et la famille conclut leur conversation par un excellent axoa de veau.

Les adieux furent aussi intenses qu'ils les voulurent
brefs.

Afin de prolonger un peu leur présence auprès de leur
fille, Laurence et François avaient proposé à Justine de
l'emmener à Saint-Jean-de-Luz.

Ainsi, elle pourrait finaliser son inscription. Justine
craignait que sa carte d'identité espagnole lui pose
quelques problèmes. Il n'en fut rien. Vous êtes,
mademoiselle, dans l'espace Schengen, on circule
comme on veut quand on est adulte.

Justine avait sauté de joie intérieurement et dûment
rempli son dossier.

La secrétaire le lui avait tamponné comme complet dans
la foulée et Justine était ressortie de l'établissement avec
son attestation d'inscription qu'elle devra présenter en
septembre pour la rentrée scolaire.

Elle se sentait légère et rassurée sur son avenir.

Pendant qu'elle exécutait ces démarches, ses parents
s'étaient rendus à la hâte dans le magasin de sport le plus
proche et avaient acheté une tente et tout le nécessaire de
camping pour que Justine puisse s'installer pour la
saison.

Ils allèrent ensemble chercher le camping idéal, ni trop
loin, ni trop cher et surtout bien desservi par les navettes
de bus. Le camping municipal au doux nom de « Chibau
Berria » fut choisi.

François monta la tente de sa fille. Laurence l'installa en lui laissant deux valises pour y ranger ses vêtements en fonction des saisons et un énorme sac de voyage pour tout le reste.

-C'est un peu spartiate comme confort mais tu as grandi dans un camping-car alors tu es habituée n'est-ce pas ? l'interrogea Laurence malgré tout inquiète à la pensée que l'heure du départ arrivait.

Justine la rassura tout en essayant en vain de masquer les sanglots dans sa voix.
La pudeur familiale fit le reste.

Les adieux furent aussi intenses que brefs et le camping-car démarra, le clignotement des feux de détresse pour ultime au-revoir.

Justine trouva un travail dans un bar-glacier en bord de plage.

Ouvert de 7 heures à plus de 2 heures du matin, elle, comme elle avait vu faire ses parents, ne comptait pas ses heures.

-« C'est toujours ça de plus de gagné » disait-elle en repensant à son père en souriant triste de ne plus les voir et de les savoir si loin.

Elle avait eu de leurs nouvelles. Ils étaient bien arrivés à la ferme de Caminal. Don Juan les avait laissés téléphoner. Quand elle était rentrée se coucher, elle avait trouvé le mot épinglé à sa toile de tente. Elle tint ce mot serré contre son cœur et sourit en s'endormant.

La rentrée scolaire fut rapidement là.

Elle n'avait guère eu l'occasion de se reposer pendant ces deux mois d'été mais la motivation d'obtenir ce diplôme était bien plus forte.

Elle se présenta la veille de la rentrée comme le lui avait précisé la secrétaire.

Les internes rentrent toujours la veille. Ainsi ont-ils l'opportunité et la tranquillité de prendre leurs marques.

A 16 heures, le conseiller principal d'éducation, est venu ouvrir le portail devant lequel s'amassait une dizaine de jeunes gens dont la plupart se connaissaient et échangeaient sur leurs vacances ou se remémoraient leurs souvenirs communs.

La foule s'engouffra dans la cour du lycée et se dirigea vers un immense bâtiment desservi par un escalier ridiculement petit.

Ne sachant où aller, elle décida de suivre le troupeau quand Monsieur Souquet, le conseiller d'éducation, l'interpella.

-Mademoiselle Dubois ?

Justine se retourna étonnée d'entendre son nom de famille. En Espagne, tout le monde l'avait toujours appelée par son prénom « Yustina ».

-Vous êtes Justine Dubois ? répéta-t il

-Oui Monsieur répondit-elle

-Très bien ! Bonjour, je suis Monsieur Souquet, votre conseiller principal d'éducation.

Ils se saluèrent cordialement et il lui souhaita la bienvenue dans l'établissement.

-Je vais vous accompagner jusqu'à l'internat ainsi pourrez-vous déposer vos affaires et ensuite je vous ferai faire une courte visite du lycée pour que vous vous repériez plus facilement.

Justine opina du chef et suivit Monsieur Souquet dans ce dédale.

Les premiers jours furent difficiles.

Il fallut se faire à la langue. Certes, ses parents parlaient français entre eux mais elle connaissait mieux l'espagnol. Les codes relationnels entre jeunes étaient aussi très différents.

Ici, tous la regardaient comme une bête de foire et lui faisaient répéter tout ce qu'elle disait sous prétexte qu'ils ne la comprenaient pas.

Mais, elle avait du caractère et elle le montra très vite quand un jour, elle entendit « qu'elle parlait français comme une vache espagnole, qu'elle est ». Une des filles du groupe qui avait prononcé la phrase les fit toutes rire à gorge déployée au passage de Justine.

Elle ne se « démonta » pas et lui répondit

-Je suis très heureuse que tu aies un avis sur moi car moi, je ne me suis même pas posé la question de l'intérêt que tu pouvais avoir.

Elle en resta muette, n'en revenant pas de s'être ainsi fait clouer le bec.

L'intervention de Justine fit le « tour du lycée ».

Certaines filles, contentes qu'elle ait fait taire la bande de mégères, se rapprochèrent d'elle et quelques garçons se retournèrent également sur son passage.

-Me llamo Cécile (je m'appelle Cécile) lui dit une petite blonde mutine toute menue un matin à la récréation.

-Merci de me parler en espagnol, mais je comprends le français tu sais ?

-Oui ! Oui ! Mais je suis d'origine espagnole par ma grand-mère alors j'aime bien parler cette langue. Chez moi, personne ne la parle alors quand j'ai appris que tu étais née là-bas, je me suis dit : « chouette on parlera ensemble ! »

-Je ne suis pas vraiment née en Espagne, je suis née à Bayonne, mais dès mes six mois, mes parents ont décidé de partir vivre en Espagne.

Alors, même si je suis française, mon cœur est espagnol.

-Je le comprends répondit Cécile. J'aimerais tant connaître ce pays.

Ma grand-mère est d'origine andalouse.

-Oh ! l'interrompit Justine c'est justement ma région préférée. On y passait quelques jours de vacances avant de reprendre la route.

-Reprendre la route ? répéta Cécile interrogative

-Oui, avec mes parents, nous vivions dans un camping-car et nous suivions les saisons et les récoltes.

Aux mois de mars-avril, mes parents « faisaient les fraises » puis on descendait à Torremolinos pour les vacances mais mon père avait réussi à se faire embaucher sur un bateau et pêchait la nuit.

Puis nous remontions par Tolède où mon père travaillait dans une forge et ma mère comme serveuse dans une auberge. Ensuite, venait l'été, nous le passions au Portugal.

-Au Portugal ! répéta Cécile admirative

-Oui à Fatima, mon père faisait l'entretien de la basilique et ma mère s'occupait de la billetterie.

Après, nous allions finir « la saison » à Nazaré.

Les mois d'hiver étaient parfois difficiles mais ils ne durent guère en Espagne. Très vite, nous reprenions la route pour Lorca afin d'être prêts pour recommencer la saison des fraises.

Et voilà, c'est ainsi que j'ai grandi. Au long des routes, ma mère me faisant la classe et me nourrissant à l'école de la vie.

Cécile était béate d'admiration et d'envie.

-Que ça doit être bien de bouger, de rencontrer des gens différents, de ne pas savoir de quoi sera fait le lendemain. Et puis, cette liberté de partir quand vous voulez ou vous voulez…

-C'est vrai, je dois le reconnaître, c'était formidable de grandir dans ces conditions mais maintenant, j'ai 18 ans, il faut que je m'assure un avenir.

J'ai envie d'essayer de vivre en France… Après tout c'est le pays qui me donna le jour

-Oui et puis si ça ne te convient pas, tu pourras toujours repartir après ton diplôme…

Voila ! Exactement !

La sonnerie de fin de récréation retentit et les deux jeunes femmes se séparèrent pour rejoindre leur classe respective tout en déplorant de ne pas être dans la même mais en se proposant de partager au moins la même table à midi au réfectoire.

Elles ne tardèrent pas devenir de très bonnes amies et Cécile n'étant pas interne proposa à Justine d'aller passer un week-end chez elle.

Justine accepta sans hésiter :

-Tu n'auras qu'à venir pour le week-end de la Saint Pantzar.

-Le week-end de la Saint quoi ? l'interrogea Justine amusée

-La Saint Pantzar. C'est le Monsieur Carnaval du Pays Basque.

Justine ne comprenait pas un traitre mot de ce dont lui parlait Cécile.

-Aaah s'exclama-t elle de joie, enfin à moi de t'apprendre quelque chose.

San Pantzar ou Saint Pantzar est une grande statue de bois à l'effigie humaine. Elle est accusée de tous les maux et de toutes les catastrophes de l'année passée. Sa sentence est irrévocable et immédiate : le bûcher.

Elle est alors brûlée sur la place du village au son de la musique basque. Cette tradition permet selon le folklore local d'exorciser tous les malheurs et de débuter l'année dans de meilleures conditions.

-Ah d'accord. Ça va être chouette. Merci beaucoup de cette invitation.

-Avec plaisir. Mes parents seront heureux de te connaître.

Trois semaines plus tard, dès le jeudi soir, Justine avait fait son sac pour se rendre chez Cécile.

-Je n'ai pas grand-chose à la mode tu sais avait-elle avoué

-Ce n'est pas grave, mes placards débordent. Tu trouveras bien quelque chose qui te plaira.

-Mais je suis bien plus grosse que toi lui dit-elle

-Penses-tu c'est dans ta tête ça…

-Dans ma tête… Dans ma tête… Moi, je dirais plutôt sur les hanches !

C'est en riant qu'elles franchirent le lendemain les grilles du lycée, direction un week-end de festivités.

La promenade du bord de mer est noire de monde. Une partie de la plage en contrebas a été réquisitionnée et délimitée par des barrières afin d'empêcher l'accès de la zone au public.

A 15 heures. Le cortège s'était ébranlé au rythme de la banda locale « la Kaskarot banda » et avait sillonné les rues de Saint-Jean-de-Luz.

Justine, enthousiaste, s'était prise au jeu et après quelques secondes d'hésitation et sous l'impulsion de Cécile avait consenti à marcher tout en dansant, levant les bras à l'exhortation de la foule et poussant des « olé » de joie en passant devant les spectateurs qui les applaudissaient.

Cette foule bigarrée et bruyante suivant Saint Pantzar avait fini par arriver à la plage.

Elle s'était dispersée autour de l'espace défini et avait vu la statue y accéder.

Dès qu'elle fut installée face au public, un des responsables prit un micro, s'auto-proclama juge et déclara ouvert le procès de Saint Pantzar.

Justine s'amusait beaucoup. Elle n'avait jamais participé à une telle liesse.

Le juge haranguait la foule pour qu'elle crie, applaudisse, hue et finisse par demander la mort de Saint Pantzar.

A partir de ce moment-là, tout est allé très vite, trop vite même. Justine vit apparaitre les torches et aussitôt les vêtements de la statue s'embrasèrent.

Justine hurla et s'enfuit ne laissant pas le temps à Cécile de réagir.

La foule s'écarta devant les cris et la course de Justine, Cécile put en profiter pour la suivre tout en lui criant de s'arrêter.

Mais en vain. Justine continuait de courir en hurlant.

Une fois sorties de cette foule compacte, Cécile vit Justine tourner dans une petite rue calme, elle accéléra sa course pour la rejoindre.

Elle y parvint et saisit Justine par une épaule en lui criant

-Arrête-toi ! Mais enfin ! Arrête-toi !

Justine abasourdie stoppa net sa fuite et hagarde regarda Cécile. Celle-ci lui parlait. Elle voyait ses lèvres bouger mais elle ne l'entendait pas.

Cécile inquiète l'avait poussée à s'asseoir sur le trottoir et lui tenait la main.

Tout-à-coup, Justine sembla entendre la voix de Cécile mais encore très loin.

Elle murmura

-Je ne sais pas ce que j'ai…

-Mais qu'est-ce qui s'est passé ? entendit Justine tout bas

-Je ne le sais pas… lui répondit-elle.

Je ne le sais pas…

Cécile lui demanda si elle avait été blessée par la foule ?

-Non ! Non ! J'ai juste peur du feu.

D'ailleurs, ce n'est pas la première fois que ça m'arrive précisa-t elle reprenant ses esprits.

-Mais pourquoi ? entendit-elle maintenant distinctement Cécile.

-Je te dis que je ne le sais pas.

La première fois c'était lors d'un barbecue organisé par les jeunes à Lorca pendant la cueillette des fraises.

La deuxième fois, c'était lorsque je suis allée visiter l'usine où travaillait mon père à Tolède. J'ai eu peur des flammes de la forge.

Et la dernière fois, lors de l'incendie du champ dans lequel nous étions garés.

-Ma pauvre, ça doit être difficile pour toi lui dit Cécile. Il faudrait que tu en parles à ma mère.

-Pourquoi en parler à ta mère ?

-Parce qu'elle est médecin-psychiatre, elle pourrait t'aider

Justine effrayée regarda Cécile

-Mais je ne veux pas qu'elle me fasse enfermer. Je ne suis pas folle. J'ai juste peur du feu.

-Mais ne sois pas bête voyons. Il n'y a que les imbéciles pour penser qu'il n'y a que les fous qui consultent des psychiatres.

Réfléchis-y. Elle peut t'aider j'en suis sûre.

Elles se relevèrent et rentrèrent à la maison. Cécile ayant promis à Justine de ne rien dire à sa mère pour l'instant, elle se tut et le lundi, elles reprirent le chemin du lycée.

Le lundi, à l'étude du soir, Justine décide de s'isoler et de contacter ses parents.

« Maintenant qu'ils ont acheté un téléphone portable, je peux les joindre quand je veux » pensa-t elle en se dirigeant vers la cabine du lycée.

La route est large et dégagée. Les bas cotés entretenus et
stables et aucune trace de frein n'est visible.
Un fracas de tôle mêlé aux craquements des branchages
se fait entendre.
Tout tourbillonne dans l'habitacle du camping-car avec
cette atroce impression que jamais ça ne s'arrêtera.
Laurence voit voler devant ses yeux le contenu de son
sac et des vides poches des portières.
Elle tourne la tête pour essayer de voir François.
« Il est attaché » pensa-t elle en se rassurant.

Et puis, un dernier rebond, et tout s'immobilise. Le
véhicule semble couché sur le flanc mais dans ce
manège, Laurence ne sait plus bien où elle se trouve.
Elle tend un bras vers François, affaissé sur son siège, il
ne bouge pas.
Elle l'appelle de toutes ses forces mais aucun son ne sort
de sa bouche.
Elle tente de s'extraire de son siège mais la ceinture de
sécurité la gêne.
Elle veut la décrocher mais le boitier est écrasé.
En se contorsionnant, elle arrive à dégager le haut de son
corps pour atteindre son mari.
Elle le secoue, hurle mais rien ne se passe.
François ne l'entend pas. Il ne l'entendra plus. Un
accident cardio-vasculaire l'a emporté occasionnant ainsi
l'accident.
Une vive douleur se fait sentir au niveau des reins de
Laurence lui arrachant un ultime hurlement puis son

champ de vision commence à se rétrécir, ses oreilles bourdonnent, ses lèvres peinent à bouger et tout devient noir.

Une hémorragie interne vient de l'emporter à son tour.

C'est à ce moment-là que la sonnerie du téléphone retentit.

Sur l'écran s'affiche : JUSTINE LYCEE

Et une énorme explosion retentit dans le ravin suivie d'un gigantesque incendie.

Après quelques sonneries, Justine bascule sur la messagerie sur laquelle elle entend la voix calme et posée de sa mère.

-Coucou les parents. J'espère que vous allez bien. C'est pratique ce téléphone portable même si maman le trouve gros, lourd et pas facile dit-elle en riant. Il faudra que j'en achète un aussi. Ça sera plus pratique pour se joindre que par le biais de la cabine du lycée.

Bon et bien je voulais vous parler un peu.

Ne t'inquiète pas maman, j'ai refait une crise avec Cécile quand on est allé au défilé de Saint Pantzar.

Sa mère est psychiatre, elle m'a conseillé de la consulter je voulais savoir ce que vous en pensiez. Je ne peux pas vivre éternellement avec cette peur du feu.

Vous pouvez me rappeler à partir de maintenant jusqu'à 21 heures sinon demain soir aux mêmes heures.

A tout à l'heure. Gros bisous acheva-t elle ainsi son message.

Monsieur Souquet frappa à la porte de la salle de classe de Justine. Et tout en s'excusant auprès de Madame Viron, professeur d'économie sociale et familiale, demanda à Justine de le suivre.

Celle-ci regroupa ses affaires, dubitative et inquiète, et emboita le pas du conseiller d'éducation.

Les élèves entendirent s'éloigner leur camarade dans le couloir et la virent traverser la cour de récréation pour rejoindre le bureau de Monsieur Souquet. Tous furent soudain attiré par un gyrophare bleu tournoyant devant l'établissement.

Tous regardèrent leur professeur comme pour avoir une explication qu'ils connaissaient déjà.

-La gendarmerie…. dit pensive Madame Viron. Ça ne présage jamais rien de bon…

Allez, jeunes gens, on reprend ! dit-elle en jetant un dernier coup d'œil au véhicule militaire.

C'est Luis, un ouvrier agricole de la ferme de Caminal, qui entendit l'explosion au moment où il circulait sur la route plus haut.

Il s'était arrêté pour connaitre la cause de cette détonation et porter secours s'il y avait lieu.

Il avait eu le temps de voir le camion et de reconnaitre celui des Dubois.

Il porta ses mains à la bouche pour étouffer un cri et se saisit de son téléphone portable pour appeler les secours.

A leur arrivée, la végétation alentour s'était également embrasée, ils avaient dû tout inonder pour circonscrire le feu. Quand les forces de l'ordre avaient pu atteindre le camping-car, ils ne purent que constater l'existence de deux corps carbonisés. Ils fouillèrent autant qu'ils purent afin de s'assurer de leur identité et par chance, trouvèrent dans la boite à gants, fermée, le feu n'avait pas eu le temps d'atteindre son contenu, un livret de famille espagnol au nom de François et Laurence Dubois et de leur fille Justine. Ils trouvèrent également un calepin contenant diverses notes sans intérêt pour l'enquête mais surtout des photocopies d'un dossier d'inscription dans un lycée français au nom de leur fille.

C'est ainsi qu'ils avaient pu remonter jusqu'à elle et l'informer de cette bien triste nouvelle.

Justine aux prises avec son chagrin s'était très vite sentie dépassée par les événements.

Ses parents avaient certes laissé un petit pécule pour les « coups durs » comme disait sa mère, et là, s'en était un fameux, mais ils n'avaient laissé aucune consigne concernant leurs obsèques.

Spontanément Don Juan de la ferme de Camiral avait pris en charge les démarches et avait demandé s'il était possible de placer le couple dans le cimetière du village. Après quelques « tracasseries » administratives dues au fait qu'ils habitaient dans un camping-car et donc n'étaient pas sédentaires. Il était difficile de choisir une commune pour les recevoir. Don Juan avait fait jouer son amitié avec le maire et Laurence et François furent enterrés ensemble dans une modeste tombe.

Il avait dit à Justine, comme pour la rassurer :

-Tu verras, ils seront bien là.

Justine avait beaucoup pleuré dans les bras de celui qui, année après année, l'avait vue grandir.

Tous les ans, quand Don Juan les voyait arriver, il criait à sa femme :

-Guapa querida, llega la pequinita (Jolie chérie, la petite arrive). Il continua à le dire même lorsque Justine fut grande et cela la touchait beaucoup.

Ils avaient eu tellement de peine en apprenant cette catastrophe avant Justine. Ils auraient aimé pouvoir le lui annoncer eux-mêmes plutôt que de laisser faire la gendarmerie mais quand le décès se passe à l'étranger et que la famille est en France, il faut laisser faire l'administration et puis, ils n'avaient aucun moyen de joindre la pequinita (la petite).

En revanche, quand les autorités avaient demandé où résiderait Justine le temps des obsèques, Don Juan s'était déclaré tout de suite comme accueillant.
Justine avait pu s'appuyer sur lui et sur Dona Maria.

Quand il fallut rentrer en France, la séparation fut une déchirure supplémentaire dans le cœur de Justine.

Maria lui donna son numéro de téléphone en lui disant qu'elle pouvait appeler quand elle voulait nuit et jour et qu'elle pouvait venir chez eux à sa guise.
-« Nuestra casa es tu casa » (notre maison est ta maison)

De retour au lycée, Cécile entoura Justine de toute son amitié, écoute, présence et affection.
Elle lui avait dit
-Je ne veux pas que tu restes seule au lycée le week-end. Tu viendras avec moi le vendredi soir et tu reviendras le lundi.
Justine avait accepté avec un petit sourire mais avait précisé que les pensionnaires devaient revenir au lycée le dimanche soir.
-Alors ça, c'est ce qu'on verra avait répondu Cécile agacée.
Je vais voir avec mes parents s'ils ne peuvent pas demander une petite faveur. Tu es une bonne élève, tu ne leur poses aucun problème et vu ta situation, le lycée pourrait faire une exception.

Monsieur Souquet reçut les parents de Cécile.
Il accepta que Justine passe tous les week-ends chez eux mais le retour devait se faire le dimanche soir.

Corinne et Daniel, les parents de Cécile, répondirent d'un commun accord qu'ils la raccompagneraient le dimanche.

Justine ne sut comment les remercier et Cécile sauta de joie.

Nous sommes le 26 juin et il est 16 heures. Cécile et Justine sont devant la grille du lycée, le soleil, brûlant supporter, les escorte jusqu'au large panneau pour l'instant vierge et au-dessus duquel est écrit « RESULTATS ».

Elles ont chaud, elles sont fébriles, elles alternent entre des moments d'euphorie, de doute, d'angoisse ; si malheureusement une seule sur les deux était reçue, l'autre devrait, en solitaire, recommencer l'année.

Tout-à-coup, ça s'agite dans le hall de l'établissement. Elles assistent à de nombreux va et vient de personnes tenant des dossiers, des feuilles qu'elles ne peuvent qu'apercevoir.

-Ils arrivent… murmure Cécile au bord du malaise. Justine n'entend que de très loin ce que vient de dire son amie car en effet, un trio du personnel administratif du lycée se dirige, solennel, vers les grilles.

Une foule d'élèves, dont elle avait oublié la présence, se presse contre elles, les plaquant presque à la grille.

-Messieurs Dames, un peu de calme. Ne vous bousculez pas.
Vous verrez tous votre nom…Enfin, nous vous le souhaitons.

L'affichage des listes fut rapide mais le temps sembla bien long pour les deux amies et pour le reste des élèves tout aussi anxieux qu'elles.

D'un doigt tremblant, Justine se précipite sur début de l'alphabet :
-Darches
-Darniot
-Debailleul
-Dinas
-Distoit
-Dobert
-Dopiare
-Dorteau
-Dossier
-Dubois
Justine les larmes aux yeux retient un cri car Cécile ne lui a encore rien dit. Elle la voit chercher son nom....et croise discrètement les doigts.

Puis, soudain, elle entend un cri
-Mustille

Cécile cherche du regard Justine qui lui crie
-Dubois

Les deux amies courent l'une vers l'autre et tombent dans les bras laissant couler des larmes de joie et de soulagement.

Cécile proposa tout de suite à Justine de passer l'été chez elle.
Justine hésita avant d'accepter car voulant cet été « faire encore une saison », elle ne souhaitait pas déranger la famille avec les horaires décalés qu'impose son poste de serveuse de bar-glacier.

-Tu n'auras qu'à planter ta tente dans le jardin comme ça tu seras tranquille. Tu partiras et rentreras quand tu voudras et surtout, ça ne te coûtera rien lui avait dit le père de Cécile

Justine avait accepté. Cécile avait bondi de joie.

Puis, le mois de septembre est arrivé.
Pour elles, pas de rentrée scolaire mais la recherche intensive d'un travail.

Justine, qui avait travaillé au centre de loisirs de la mairie d'Ayherre durant toutes les petites vacances scolaires avait reçu une proposition du maire à la fin des vacances de printemps.

-Justine, je voulais vous voir lui dit-il avec un accent rocailleux car nous avons été satisfaits de votre travail auprès des enfants et des adolescents de la commune. Nous avons eu de très bons retours de la part des familles.

Madame Bricourt, ma secrétaire, m'a informé que vous aviez obtenu votre diplôme d'aide à domicile. Je vous félicite…

Justine remercia en hochant de la tête

Et je vous félicite d'autant plus eu égard au malheur qui vous a frappée.
Aussi, ai-je un poste à vous proposer.

Justine trépignait de joie intérieurement mais ne laissait rien transparaître et restait stoïque devant le maire qui continua

-Madame Grimaud, vous la connaissez ?....

Justine acquiesça de la tête.

…..A fait valoir ses droits à la retraite. Comme vous le savez, elle occupait un poste d'aide-ménagère au Centre Communal d'Action Sociale de notre commune.
Nous avons pensé à vous pour la remplacer. Qu'en pensez-vous ?

Justine retint un cri de joie, se racla la gorge et les yeux brillants accepta la proposition du maire.

-Parfait ! Si cela vous convient, vous commencerez lundi prochain en tandem avec elle pendant le mois qui lui reste à effectuer avant de nous quitter. Ainsi, elle vous formera.

Justine accepta à nouveau et remercia chaleureusement l'édile qui l'accompagna chez sa secrétaire pour constituer le dossier de recrutement.

Il semblait à Justine que son cœur allait sortir de sa poitrine.

Haletante et tremblante, elle répondait aux questions de la secrétaire et écoutait attentivement ses conseils, recommandations et avertissements.

Un rendez-vous fut pris le lendemain pour rencontrer Madame Grimaud.

Pendant que ces dames s'affairaient sur le dossier de Justine, le maire repassa la tête par la porte du bureau et dit

-Excusez-moi Mesdames de vous interrompre mais je voulais vous préciser, Justine, que je vous laisse la jouissance du petit appartement que nous vous prêtions pendant les vacances.

Cela vous laissera le temps de vous retourner pour trouver un logement plus confortable et surtout qui vous appartiendra.

Après une nuit nullement réparatrice où Justine avait alterné rires de se savoir maintenant en sécurité et larmes de ne pouvoir partager cette grande nouvelle avec ses parents, elle faisait, bien avant l'ouverture de la mairie, les cent pas devant la porte.

Quand Madame Bricourt arriva, elle loua sa ponctualité, l'invita à entrer et prendre un café en attendant Madame Grimaud. Ce ne fut pas long.
Cette dernière était un petit bout de femme sèche, très menue mais dotée d'une vivacité et d'une énergie que Justine trouva tout de suite communicative.

Madame Grimaud, Hélène de son prénom, lui avait tout de suite demandé de la tutoyer et de l'appeler par son prénom. Justine avait accepté à condition qu'elle en fasse autant. Les deux femmes avaient ri et la semaine de formation qui suivit renforça leur complicité.

-Alors j'ai mes habitudes lui avait dit Hélène dans un grand sourire.
Le matin, je fais les ménages et l'après-midi, j'accompagne les bénéficiaires dans leurs démarches administratives ou je les amène chez le coiffeur, le médecin ou faire les courses.
Toi, tu pourras t'organiser différemment si tu veux. Tu verras ça avec les intéressés.
Tu as le permis ?

-Non lui répondit tristement Justine

-Bon ce n'est pas grave mais maintenant que tu vas toucher un salaire, passe-le. C'est indispensable pour toi et un plus pour ton métier.

Car tu verras, tu te lasseras vite d'attendre le bus encombrée des affaires des bénéficiaires quand tu les accompagneras à la gare.

C'est le cas de Monsieur Guillemot, il va chez ses enfants à l'occasion de toutes les petites vacances comme ça il s'occupe de ses petits-enfants. Il part chargé de nombreux sacs remplis de cadeaux pour la famille en plus de ses propres bagages. « C'est coton » de prendre le bus dans ces conditions.

Non ! Vraiment ! Passe le permis lui avait-elle redit dans un soupir

Ce matin, je t'emmène chez les sœurs Rey. Elles sont jumelles et célibataires. Elles vivent ensemble sans s'être jamais mariées. Elles ont 160 ans à toutes les deux.

Justine ouvrit de grands yeux et répéta interloquée

-160 ans !......... Mais c'est impossible !......

-A toutes les deux, belle enfant lui répondit Hélène d'un ton badin

-Aaaah ! Je n'avais pas compris répondit Justine en riant

-Nous avons certes une belle qualité de vie dans notre village mais de là à battre le record de longévité… rit-elle à gorge déployée

Ensuite, nous irons chez Monsieur Frisse, veuf depuis peu. Il est souvent triste, il pleure beaucoup. Arme-toi de courage lui dit-elle.

Et nous terminerons la matinée chez Madame Crimart.

Ne le répète à personne, mais Madame Crimart, Colette, c'est ma préférée. Tu verras, elle raconte des histoires merveilleuses. Elle était costumière dans un cabaret parisien. Elle en a vu de toutes les couleurs, elle te raconta toute sa vie dit-elle des paillettes dans les yeux.

Cet après-midi, nous avons rendez-vous chez le coiffeur pour Madame Catude puis on amènera Madame et Monsieur Vitré faire leurs courses du mois. Et voilà la journée aura été bien remplie.

Justine avait noté sur un petit calepin tout ce que lui avait dit Hélène : les noms des gens, leur métier et autre particularité.

Demain matin dit-elle mystérieuse, je t'amènerai quelque part...
Justine la regarda interrogative
-Non je ne te dis rien, tu verras. Tu n'as jamais vu plus jolie maison. Elle est entourée d'un parc magnifique.
Quand on va là-bas, il faut prévoir la matinée de ménage.
-D'accord répondit Justine et comment s'appellent les bénéficiaires ? demanda-t elle en s'apprêtant à en prendre note.
-Il n'y a pas de nom...
-Comment ça il n'y a pas de nom ? demanda Justine dubitative
-Non ! Il n'y a pas de bénéficiaire ou plus exactement, il est décédé.
De plus en plus surprise, Justine interroge Hélène du regard
-Eh bien c'est-à-dire qu'auparavant, la maison était habitée par un couple de nobles, un comte et une comtesse.

Ils sont à présent décédés mais comme ils étaient des amis du maire, Monsieur le Comte a demandé à ce que l'entretien de la maison soit poursuivi même après leur mort.

Une grosse enveloppe a dû être donnée à la mairie… chuchota-t elle un doigt sur la bouche mais ne dis rien cela ne nous regarde pas, nous, petits agents. Laisse décider les hautes sphères entre elles.

Ils veulent que le ménage soit fait, fais-le et « basta » dit-elle catégorique.

Ce ton péremptoire surprit Justine d'autant que la bonhommie de sa collègue n'en laissait rien prévoir.

Elle décida de prendre bien note de ce dont Hélène venait de lui parler sans faire plus de commentaire.

« Puisqu'ils veulent que le ménage soit fait, je le ferai » se dit Justine

-Voilà pour la matinée de demain. Pour l'après-midi, nous verrons. Pour l'instant c'est déjà pas mal dit-elle en retrouvant le sourire.

Hélène présenta Justine à chacun des bénéficiaires. Ils parurent enchantés de faire sa connaissance même s'ils disaient regretter déjà Hélène.

Justine prenait de nombreuses notes et essayait d'accorder à chacun un petit moment pour faire mieux connaissance et tenir compte de leur envies et besoins.

A la fin de la journée, fourbue mais heureuse, Justine regagna son modeste appartement et ne tarda pas à s'endormir sans avoir pris le temps de se restaurer un peu.

La nuit ne fut pas meilleure que la précédente. Elle fut agitée par des cauchemars mettant en scène une maison hantée par un fantôme qui n'était autre que Monsieur le Maire.

Cela la fit sourire au réveil et éveilla encore plus sa curiosité. Quelle était donc cette si jolie mais si mystérieuse maison ?

Nichée au cœur d'un domaine aussi vaste que luxuriant, la maison est un trésor qui se gagne à la chercher.

Un immense portail en fer forgé blanc, ouvragé de circonvolutions et piqué par endroits de rouille, en défend l'accès au jardin. Deux piliers colossaux le soutiennent et servent d'amorce à un mur d'enceinte d'une hauteur vertigineuse.

Sur l'un d'eux, on peut lire, sur une plaque en terre cuite vernie, étrangement épargnée par le temps : *MAISON DELORS*

Le chanceux qui peut en franchir le portail découvre une allée de gravillons fraîchement ratissée aux bordures soignées mais cachée par le ramage d'arbres plus que centenaires laissant tomber leurs frondaisons comme ultime rempart à l'intrus.

Ce contraste saisissant entre la netteté de l'allée et le fouillis arboricole semble être la marque de fabrique du lieu.

Après de nombreux méandres serpentant au cœur de ce jardin singulier, l'allée s'achève sur un vaste entonnoir pouvant accueillir le garage de plusieurs voitures et ainsi desservir au mieux l'entrée même de la demeure.

Et quelle demeure !!! Une bâtisse large, imposante de trois étages, de façade carrée et blanche, parfaitement tenue et entretenue, ouverte de quatre fenêtres au premier et deuxième étages pour n'offrir à la vue du visiteur qu'un troisième étage où se dressent quatre fiers chiens-assis couverts d'ardoise dans la continuité du toit.

Au faîte du pignon surplombant la façade d'entrée, un écusson coloré contraste lui aussi avec la blancheur de l'ensemble.

A bien y regarder, il semble évoquer un enchevêtrement de feuillage duquel jaillit une sorte d'animal onirique voire mystique mais impossible à la vue humaine d'en déceler les détails tant ils sont nombreux, tant il est haut placé.

Voilà ce que vit ce jour-là, Justine quand, accompagnée d'Hélène, elles franchirent ce majestueux portail.

-Alors ? Ça laisse sans voix hein ? dit Hélène en voyant le visage ébahi de Justine quand elles furent entrées dans le hall.

Justine, en effet, tournait sur elle-même en essayant de tout voir en même temps.
Cet escalier monumental menant à une coursive aux piliers richement sculptés. Ces deux pièces se dessinant de part et d'autre.
Ce sol en marbre sur lequel elle osait à peine marcher.
Ces marqueteries de bois ornant les plafonds soutenant un lustre gigantesque et sublime.
Justine n'avait jamais vu un tel luxe. Elle qui avait grandi dans un camping-car, ce déploiement de richesses l'angoissait.
-Il va falloir que j'entretienne tout ça ? murmura-t elle effarée
-Mais non ! Mon Dieu heureusement pas.
Les lustres, les boiseries murales et des plafonds sont entretenus par une société spécialisée. Quand on sera de retour au Centre Communal d'Action Sociale ce soir, je te donnerai le dossier. Tu n'as pas à t'en occuper, c'est Claudine Bricourt, la secrétaire du maire, qui gère ça.
Mais il peut arriver que vous interveniez de concert sur site alors autant que tu connaisses l'agenda.

Les deux collègues continuèrent leur progression dans la maison pour finir par arriver dans un couloir très sombre illustré de nombreuses peintures.
Justine s'arrêta devant un immense portrait d'un couple endimanché posant en souriant pour l'éternité.

Hélène, qui précédait Justine dans la maison, revint sur ses pas et lui dit avec un brin de nostalgie dans la voix
-Ce sont Madame et Monsieur juste avant qu'on ne découvre la maladie de Madame. Elle a eu un cancer soupira-t elle. Elle s'est battue comme une lionne mais ce « putain » de crabe a gagné.
Monsieur le Comte a sombré dans un chagrin indicible souffrant d'une grande solitude.
Sans quitter les yeux du tableau, Justine demanda s'ils avaient eu des enfants.
-Non. Ça aussi, ce fut une immense peine pour eux.
Alors à la mort de Madame, quelque temps après, il décida d'embaucher une auxiliaire de vie, Arlette, à laquelle il offrit le gîte et le couvert. Celle-ci ayant une enfant, Céline je crois, dit-elle dubitative, très vite elle devint l'enfant qu'ils n'avaient pas eu.

Justine écoutait Hélène sans ciller tout en dévisageant le couple.
-J'aurais aimé les connaître dit Justine émue.
Ils me semblaient être si doux, si gentils.
-Oh oui ! Ce furent des protecteurs pour beaucoup de monde. Ils furent très aimés et leur mémoire est encore honorée.

Les deux femmes restèrent encore un moment devant la toile mais Hélène les sortit de leur torpeur.
-Viens je vais te montrer la plus belle pièce de la demeure.

Elle accéléra le pas, Justine à ses trousses. Elle avait bien tenté de s'arrêter devant les autres peintures de ce couloir mais Hélène en avait décidé autrement et avait déjà disparu dans une pièce à gauche.

Justine lui cria de l'attendre. Elle n'eut qu'un « viens voir » pour toute réponse.

Justine suivit la voix jusqu'à une sorte de cabinet de toilette-bureau qui s'ouvrait sur une luminosité intense. Justine approcha prudemment accueillie par le sourire solaire d'Hélène contente de l'effet produit.
-Alors ? Qu'en penses-tu ? demanda-t elle avec fierté comme s'il s'était agi de sa propre maison.
Justine fut bouche bée en pénétrant sous cette immense verrière de style 1900 inondée de soleil où s'épanouissaient de gigantesques et magnifiques fleurs. Elle ne put retenir un « WAHOU » d'admiration.
-Voilà, belle enfant, dans quel cadre tu vas avoir l'honneur de travailler.
Justine fit le tour du patio en caressant les grandes hampes des « oiseaux du paradis », en effleurant le majestueux caoutchouc, en frôlant un Yucca certainement centenaire.
Elle aurait aimé pouvoir toutes les embrasser, s'abreuver de leur fraicheur et se nourrir du vert intense de leurs larges feuilles.
Quand elle vit la table en rotin blanc trôner au milieu de cette végétation, elle se tourna vers Hélène, les yeux humides, en lui promettant d'honorer à son tour la mémoire de Madame et Monsieur

Hélène prit la retraite un mois après l'arrivée de Justine. Les deux femmes affichaient une belle complicité et ce travail de concert avait beaucoup plu à Justine et aux bénéficiaires.

Tous auraient voulu garder le duo mais il était temps pour Hélène de laisser sa place et elle était d'autant plus contente de la laisser qu'elle la cédait à Justine.

C'est aussi par ces quelques mots qu'elle conclut son discours de départ à la retraite quand elle invita ce qui allait être désormais ses anciens collègues et son ex-patron à son « pot de départ ».

Justine reprit donc le flambeau consciencieusement.
Elle aimait son métier et surtout les bénéficiaires pour lesquels elle le faisait.
Ils l'avaient très vite acceptée dans leur vie et étaient heureux de la voir arriver.
De son côté, elle avait expérimenté le départ en vacances de Monsieur Guillemot.
Le vieil homme ne portant qu'une sacoche contenant ses papiers d'identité, un moyen de paiement et un mouchoir, c'est elle qui avait dû transporter deux valises et un sac d'une lourdeur extrême.
Hélène l'avait prévenue : « passe ton permis ».
Aussi, fin mai, quand il partit rejoindre ses enfants pour passer tout l'été en leur compagnie, Justine en profita pour s'inscrire à l'auto-école.
Quand en septembre, Claudine Bricourt lui dit que Monsieur Guillemot rentrait chez lui la semaine suivante et qu'il fallait qu'elle prévoit d'aller le chercher à la gare, c'est dans une Clio hors d'âge et quelque peu cabossée que Justine l'attendit.

Le vieil homme émit un sifflement admiratif quand il vit le carrosse qui l'attendait. Ils en rirent tous les deux.
Désormais pour Justine et ses bénéficiaires, les trajets étaient plus simples.
Se rendre une fois par semaine à la « Maison Delors » située hors ville allait être plus facile. Elle n'était plus tributaire des horaires des bus
Quelle joie que cette liberté.
Elle eut, à cette occasion aussi, une pensée pour ses parents.

Ils auraient été tellement heureux de sa réussite.

Une petite larme pointa son « nez », elle la balaya d'un revers de main et se força à sourire pour faire bonne impression à la nouvelle bénéficiaire chez laquelle elle se rendait, Madame Tuffaut.

Après deux coups de sonnette, Justine attendit patiemment devant la porte que Madame Tuffaut vienne lui ouvrir.

-Oui ! Oui ! Une voix tremblante lui répondit de l'étage. Elle leva la tête et aperçut de jolis cheveux blancs parfaitement bouclés passer timidement par la fenêtre.

-C'est Justine du C.C.A.S. Madame Tuffaut. Vous savez je suis la personne qui vient vous faire le ménage.

-Ah oui lui répondit-elle rassurée. Je vais descendre vous ouvrir. Attendez-moi s'il vous plait, mes pauvres jambes ne veulent plus courir.

Justine lui rendit un sourire en guise de réponse et patienta.

Quelques secondes s'écoulèrent avant que Madame Tuffaut n'ouvre la porte.

-Entrez, jeune fille, lui dit-elle aimablement

Justine lui tendit la main pour la saluer.

Un choc étrange se produisit.

Cette peau fraîche et si douce fit frissonner Justine.

Cette beauté brute et cette jeunesse flamboyante rendit aux yeux de Jeanne tout l'éclat de leur vingt ans si loin déjà.

Les deux femmes se regardèrent un moment sans rien dire. Juste pouvait-on lire une certaine surprise sur leur visage.

Jeanne rompit le charme et après avoir soigneusement refermé la porte dit à Justine

-Je vais vous donner une clé comme ça je ne serai pas obligée de descendre à chacune de vos visites. Je vous

demanderai de fermer à clé s'il vous plait. Je ne veux pas
que n'importe qui puisse enter, vous comprenez ? Je suis
vieille et je ne suis pas rassurée.
-Je comprends Madame Tuffaut. Ne vous inquiétez pas,
je fermerai derrière moi en arrivant et en repartant.
-Vous êtes gentille lui répondit-elle, les yeux brillants.
Ici, à part laver le sol et les marches de l'escalier, il n'y a
rien à faire. La porte que vous voyez là, dit-elle, en
désignant le mur de gauche dans lequel se dessinait un
encadrement, est murée. C'était un garage que j'ai vendu
donc il ne fait plus partie de la maison.
Allez-y montez. Je vais vous montrer le reste de ma
demeure…
Les deux femmes rirent de bon cœur.

Justine précéda Madame Tuffaut dans l'escalier tout en
prenant soin de l'attendre par politesse mais aussi par
empathie, comme une forme d'amitié spontanée
inexplicable, les deux femmes ne se connaissant pas il y a
quelques minutes.

Arrivée au bout de l'escalier, Justine se tourna
naturellement vers Jeanne et lui tendit sa main pour
l'aider dans ce dernier effort.
-Merci, Mademoiselle, vous êtes bien aimable dit Jeanne
dans un soupir.
Ces escaliers sont un drame pour moi dit-elle haletante.
Avant de vous mettre au travail, accepteriez-vous de
partager avec moi un thé ou un café ? Je ne l'ai pas
encore bu et je me ferai une joie de le prendre avec vous.

Justine se sentit mal-à-l'aise partagée entre son désir d'accepter et sa conscience professionnelle qui lui disait tout bas, « tu n'es pas là pour ça ».

-Un petit café et je vous indique ce que vous aurez à faire et où se trouvent les produits, les appareils électro-ménager etc….

-Allez, d'accord mais rapidement hein ? dit Justine en souriant

Pendant que Jeanne préparait aussi rapidement qu'elle le pouvait le café et les quelques biscuits qui l'accompagneraient, Justine se surprit à la regarder attentivement, à la détailler même.

Cela l'interrogeait.

Depuis qu'elle avait repris l'activité d'Hélène, jamais un ou une bénéficiaire ne l'avait troublée comme ça.

Cette petite dame très menue au dos quelque peu vouté, à la démarche lente mais assurée, ces jolies mains gracieuses aux poignets déliés, arborait une jolie robe chamarrée de jaune orangé et de marron mêlés.

Un fin gilet écru venait souligner cette belle harmonie douce et plaisante.

Justine s'attarda sur son visage après avoir pris soin de vérifier que Jeanne ne l'avait pas surprise en train de la détailler ainsi.

De jolie yeux mutins qui avaient sans doute été autrefois grands, sombres mais lumineux soulignaient à merveille une peau diaphane.

Des lèvres amincies par les années mais, Justine s'en rendrait compte à chacune de ses visites, ourlées d'un trait de rouge à lèvres toujours très rouge. Une odeur de rose avec une touche de musc peut-être de poivre embaumait la pièce à chacun de ses déplacements.

« Mon Dieu qu'elle a dû être une belle femme » se dit-elle intérieurement ? « J'aurais aimé la connaître… »
-Justine

…

-Justine…
C'est comme ça que vous m'avez demandé de vous appeler ?

Justine sortit de sa rêverie pour lui répondre
-Oui Madame Tuffaut. Excusez-moi, je m'appelle Justine.
-Alors moi c'est Jeanne. Est-ce que tu veux bien qu'on s'appelle par nos prénoms et qu'on se tutoie ?
Justine resta interdite quelques secondes à peine surprise de cette proposition qui lui sembla soudain évidente.
-D'accord… Jeanne. Nous nous appellerons par nos prénoms mais vous seule pourrez me tutoyer… Vous comprenez dit-elle un peu gênée, c'est à cause du travail. Si cela se savait, on me jugerait mal. Vous comprenez n'est-ce pas ?
-Bien sûr, Justine. Je ne veux absolument pas te mettre dans l'embarras.
Justine porta une main bienveillante sur le bras de Jeanne pour la rassurer et ressentit à nouveau ce trouble inexplicable.
Elle se dirigea vers la table, une tasse de café fumant l'attendait.

Le jour suivant cette nouvelle rencontre, Claudine Bricourt, la secrétaire du maire, appela Justine et lui demanda de passer en mairie. Elle voulait savoir comment s'était passée la prise de contact avec Madame Tuffaut.

-Très bien dit Justine sans l'ombre d'une hésitation. C'est une adorable personne pour laquelle j'ai plaisir à travailler.

Mais elle choisit de ne pas évoquer le trouble qu'elle avait ressenti lorsqu'elles s'étaient serrées la main.

-Bon très bien. Monsieur le Maire sera content que ça se soit bien passé car c'est une famille qui a vécu un grand malheur. Il souhaite apaiser les vieux jours de cette personne. Elle se tut émue et invita Justine à quitter son bureau.

Justine allait prendre congé intriguée, elle aussi, par ce drame familial dont Claudine n'avait rien voulu dire quand cette dernière la rappela in extremis

-Justine. Vous êtes encore là ?

-Oui Madame Bricourt répondit-elle en revenant sur ses pas

-J'ai failli oublier de vous donner une information très importante.

-Je vous écoute Madame Bricourt

-C'est bien demain que vous allez à la Maison Delors ?

-Oui Madame

-C'est bien ce que j'avais noté…

Alors il faut que je vous dise quelqu'un va l'habiter.

Justine écarquilla les yeux de surprise et regarda fixement Madame Bricourt espérant qu'elle lui en dise davantage.

Claudine s'aperçut de l'étonnement de Justine et poursuivit

-Oui ! D'après ce qu'on en a su par le notaire, Maitre Vinatier, le Comte, qui n'avait pas eu d'enfant, avait fait le nécessaire pour que quelqu'un hérite de cette maison. C'est chose faite. Ils emménagent demain. Ils ne voient pas d'inconvénients à ce que vous continuiez l'entretien des lieux mais ils veulent vous rencontrer.

D'ailleurs, je dis « ils » mais en fait ce sont une jeune femme, sa mère souffrant de la maladie d'Alzheimer et son infirmière.

Justine acquiesça et quitta le bureau de Claudine.

Le lendemain, Justine se rendit fébrile à la Maison Delors.

A son arrivée, il n'y avait pas âme qui vive.

Elle gara sa voiture un peu mieux qu'à l'accoutumée afin de ne pas déranger un déménagement imminent et entra.

Elle ne savait pas comment s'organiser.

-S'ils arrivent pendant que je lave le sol, ils risquent de glisser et de tout salir.

Si je commence par le haut et qu'ils apparaissent à ce moment-là, je ne pourrai pas faire le bas.

Armée de son balai, elle décida de commencer son travail par le haut.

En entrant dans ce qui fut la chambre de Madame et Monsieur le Comte, elle entendit un bruit qui l'attira à la fenêtre.

Elle vit un immense monticule de branchages et d'herbe mêlés ajoutés à des morceaux de bois, des planches et autres meubles cassés. Elle fronça les sourcils et ouvrit la fenêtre pour voir en contre-bas si elle apercevait quelque chose.

Elle entendit des éclats de voix d'hommes. Cela l'intrigua encore plus.

Elle décida de descendre, passa par le couloir qui menait au patio dont elle ouvrit une paroi de verre donnant directement sur le jardin derrière la maison.

Au moment où elle atteignait le tas de bois et autres branchages, elle eut le souffle coupé et des tremblements la saisirent.

Deux hommes se trouvaient là et venaient d'y mettre le feu.

Il lui sembla qu'une langue de feu s'était approchée d'elle pour la dévorer. Elle se mit à hurler tout en courant éperdue ne sachant pas où elle allait ; juste s'enfuir le plus loin possible de cet enfer sur terre.

Un des deux hommes aussi surpris de la présence de Justine en ces lieux que de la voir s'enfuir en hurlant se mit à courir après elle.

Il la rattrapa et la trouva prostrée derrière un saule pleureur centenaire.

-Mademoiselle… dit-il tout bas pour ne pas l'effrayer. Justine regardait ses pieds et ne cessait de trembler comme une feuille.

…

-Mademoiselle. Je m'appelle Luc. Je suis un ami de Céline, la propriétaire des lieux. Je suis venu faire un peu de tri avant qu'elle emménage.

…

-Mademoiselle, vous m'entendez ? répéta-t il

Justine leva les yeux, encore toute tremblante.

-Ca va ? On ne voulait vraiment pas vous faire peur vous savez ? Excusez-nous. Nous nous pensions seuls mon ami et moi.

Entre temps, Francis, l'ami de Luc les avait rejoints et les mains sur les hanches regardait, étonné, Justine se ressaisir et se relever.

Luc lui tendit une main bienveillante pour l'aider. Un léger étourdissement la surprit. Elle prit appui sur l'arbre et regarda les deux hommes.

-Je suis désolée Messieurs. J'ai, depuis ma plus tendre enfance, une peur panique du feu.
Alors entre votre présence que j'ignorais et votre brasier, ce fut trop pour moi. Veuillez m'excuser pour ma réaction. Les phobies ne se contrôlent pas.

-Mais je vous en prie, Mademoiselle, ne vous en excusez pas. Vous vous sentez mieux ?
-Oui ça va mieux, je vous remercie. Vous êtes qui alors ? demanda Justine rétablie.
-Je suis Luc et voici Francis, un ami. Nous sommes également des amis de Céline, la propriétaire du domaine.
-Ah oui pardon vous me l'avez dit mais je n'avais pas bien compris. Moi, je suis Justine, je travaille pour la mairie et c'est moi qui fais le ménage deux fois par semaine.
-Ah ! Très bien. Nous savions que vous veniez mais nous ne connaissions pas votre emploi du temps.

Luc et Francis raccompagnèrent Justine jusqu'à la maison en lui conseillant de passer par devant pour éviter qu'elle ne voit le feu.

Justine leur sourit en guise de remerciement et reprit son travail.

Avant de repartir, elle se rendit prudemment derrière la maison. Le brasier était éteint. Seules restaient quelques scories fumantes et des traces noires sur le ciment de la terrasse.
Francis aperçut Justine et vint à sa rencontre
-J'ai fini, je vais m'en aller.
-Très bien. Un instant, j'appelle Luc
-Oui, j'arrive cria-t il depuis le cabanon caché par une haie plus que florissante.
Celle-là aussi, dit-il à Francis en la désignant, il faudra lui faire une coupe de printemps.
Si on la laisse encore pousser, elle va manger le cabanon.

Francis sourit et informa Luc du départ de Justine
-Encore désolés Mademoiselle de vous avoir provoqué cette grosse frayeur.
Céline souhaiterait emménager samedi prochain.
Quel sont vos jours d'interventions ?
-Je viens le mardi et le jeudi. Mais s'il faut venir avant ou après ou un jour de plus, informez en Monsieur le Maire, cela peut s'arranger.
-D'accord, j'en parlerai à Céline et puis vous aurez l'occasion de vous rencontrer. Vous vous organiserez toutes les deux.

Justine serra la main des deux hommes et quitta les lieux encore un peu ébranlée.

Les jours passaient. Justine s'était pleinement intégrée dans son nouveau travail et entretenait de bonnes relations avec ses bénéficiaires.

Mais une d'entre eux sortait du lot : Madame Tuffaut.

Jeanne !

Entre les deux femmes s'était nouée une relation plus que professionnelle ; affective. Elles n'en parlaient pas mais cela se ressentait.

Elles avaient plaisir à se voir. Justine avait même accepté une invitation pour un repas un samedi soir.

Jeanne, pour l'occasion, avait mis les petits plats dans les grands :

-Petits fours pour l'apéritif

-Salade et petits chèvres chauds

-le bien nommé poulet basquaise accompagné de riz

-et une fabuleuse tarte aux myrtilles pour terminer ce délicieux repas.

Les deux « amies » avaient échangé à bâtons rompus durant tout le dîner mais à l'heure de la tisane chaude et bien sucrée, Jeanne proposa d'aller s'installer au salon. Dans le confort douillet du velours du canapé, la conversation devint plus intime, plus intense.

-Je peux te demander d'où tu viens ma petite ? lui demanda soudain Jeanne.

-Euh !.... Oui !...Je suis née en France mais très vite mes parents sont partis vivre en Espagne. Mon pays c'est l'Espagne. Je ne connais de la France que ce que je vois depuis que j'y suis revenue pour faire mes études.

-Pourquoi tes parents ont-ils décidé de s'expatrier ?

-Ils n'avaient pas envie de contrainte

-Comment ça ? Ils étaient mariés pourtant ?

-Oui mais ils ne voulaient pas dépendre d'un patron chez qui ils iraient travailler tous les jours et rentreraient à la maison tous les soirs. La routine c'est comme ça qu'on dit non ?

Jeanne opina du chef

-Et vous viviez de quoi ? Et vous viviez où alors ?

-Mes parents ont acheté un camping-car. On était comme les escargots, on avait la maison sur le dos dit-elle en riant avec une touche de nostalgie dans la voix.

Jeanne rit aussi sans quitter du regard Justine tout en portant à ses lèvres la tasse de tisane fumante.

Justine poursuivit.

-Comme nous étions autonomes en termes de logement, nous pouvions nous installer à proximité de chaque endroit où mes parents trouvaient du travail.

D'ailleurs, très vite, ils se sont organisés pour faire une « tournée ».

-Pardon ? Une « tournée » ? répéta Jeanne intriguée.

-Oui. En fait, au printemps, nous étions du côté d'Alméria pour la saison des fraises et des asperges. Puis, nous descendions à Torremolinos pour les vacances mais mon père avait eu l'opportunité de trouver un travail là-bas aussi : il péchait au lamparo.

-Au quoi ? demanda Jeanne manquant d'avaler de travers sa gorgée.

-Au lamparo. C'est une technique de pêche qui consiste à sortir en mer de nuit. Le lamparo étant une sorte de lampe, de projecteur très puissant qui attire certains poissons et autres crustacés.

-C'est un leurre en fait ? La lampe c'est pour simuler le jour et les faire remonter à la surface?

-Peut-être Jeanne, je ne saurais vous dire répondit Justine en s'excusant.

Puis, nous remontions vers Tolède où papa avait trouvé du travail dans une fonderie. Il actionnait la forge destinée à fondre l'or.

D'ailleurs, la dernière fois qu'on s'est vu puisque nous avions décidé de revenir en France, le patron m'a offert un bracelet identique à celui que portait ma mère. Je vous le montrerai.

Jeanne acquiesça de la tête.

Ensuite, nous partions pour le Portugal : Fatima et Nazaré pour « faire la saison » et au printemps, on recommençait, les fraises, la pêche, la fonderie, Fatima et Nazaré.

-En fait, tes parents qui ne voulaient pas de routine, en avaient créé une quand même dit Jeanne

-C'est vrai, une forme de rituel. Mais en étant toujours sur les routes, stationnant au petit bonheur la chance, on a toujours l'impression d'être en vacances…

Jeanne sourit.

Justine tendit une main vers sa tasse et en but une gorgée.

-Et puis, il y eut ce jour, le jour de mes 18 ans, mes parents ont décidé de revenir en France pour que je fasse des études car jusque-là c'est maman qui m'avait fait la classe.

J'ai pu m'inscrire au lycée professionnel Ramiro Arrué à Saint-Jean-de-Luz en classe de CAP service à la personne. J'ai été prise au pensionnat pour y être logée en

semaine mais le week-end, j'ai eu très vite la chance de vivre chez ma copine Cécile. Pendant les petites vacances scolaires, je travaillais au centre de loisirs de la mairie qui m'a trouvé un petit appartement. Pour les grandes vacances, je « faisais la saison » à St Jean-de-Luz
On a eu notre CAP.
Comme Monsieur le Maire avait été content de moi durant mes missions au centre de loisirs, il m'a proposé de remplacer Madame Grimaud. Vous avez connu Hélène Grimaud ? demanda-t elle à Jeanne.
-Non tu es la première à laquelle je fais appel…
-Ah d'accord !
-Et je dois dire que je suis très satisfaite de toi et de tes prestations.
-Merci Jeanne voilà qui me touche sincèrement
-Et tes parents ? Ils sont repartis en Espagne ?
-Oui mes parents sont repartis dès que j'ai été inscrite au lycée et que j'ai été embauchée dans un bar-glacier. Ils m'ont acheté une tente, m'ont installée dans un camping et puis….
Et puis quelques mois après, ils ont eu un accident et se sont tués.
Justine baissa la tête en essayant de ravaler quelques larmes.
Jeanne, les yeux écarquillés devant l'horreur de la situation, s'excusa de lui avoir posé la question et d'une main douce et légère lui prit le bras pour la réconforter.
Justine tressaillit une fois encore.

Les vacances d'été approchaient à grands pas. Justine avait informé ses bénéficiaires qu'une remplaçante leur serait attribuée durant les trois prochaines semaines.
La plupart firent la moue mais devant la joie de Justine qu'ils comprenaient malgré tout, ils lui dirent tous que les trois semaines passeraient vite.

Justine était aux anges. Son amie Cécile, qui travaillait en maison de retraite, avait réussi à poser ses vacances en même temps et l'avait invitée à la rejoindre à Saint Jean-de-Luz.
-Cette année, tu n'auras pas à faire la saison… On va s'éclater lui avait dit Cécile enthousiaste.

Justine, impatiente, avait pris la route le soir-même et c'est fatiguée mais ravie de la perspective de ces vacances qu'elle arriva chez Cécile.
Tous les trois l'attendaient avec joie et lui firent un accueil digne de ce nom.
Table couverte de fleurs et de serpentins et de confettis multicolores, ballons suspendus aux lustres du salon et quelques petits fours pour combler la faim qui la tenaillait, elle était partie sans avoir grignoté quoi que ce soit.

Le lendemain, pour fêter comme il se doit le séjour de
Justine, les parents de Cécile invitèrent quelques amis à
manger.
Les filles arboraient un hâle, pour l'instant rougissant,
qui trahissait une grande partie de la journée passée à la
plage.
Elles riaient et s'apostrophaient tout en entrant pour se
doucher.
-Dépêchez-vous de vous préparer avait crié la mère de
Cécile. Nos invités ne vont plus tarder.
-OUIIIII avait répondu de concert les deux amies.

Quelques instants plus tard, de leur chambre, les deux
amies entendirent des voix dans le jardin.
-Vite descendons dit Cécile. Les Marty doivent être
arrivés, maman va « râler » que nous ne soyons pas là.

Cécile dévala les escaliers suivie de près par Justine qui à
la minute où elle leva le nez en direction du couple
aperçut du coin de l'œil les flammes hautes et rouges du
barbecue que le père de Cécile venait d'allumer.

Le sang de Justine ne fit qu'un tour et tout en tremblant
et réprimant un hurlement de frayeur, elle se mit à courir
en zigzaguant dans le jardin ne sachant pas où se diriger
pour s'éloigner

Cécile se rappelant tout à coup de la peur viscérale de son amie pour le feu, emboita sa course pour la rattraper et la rassurer.

Les parents de Cécile et leurs amis restèrent interdits devant la rapidité avec laquelle cela s'était passé.

Jusqu'à ce que Corinne, la mère de Cécile se ressaisisse et rejoigne sa fille auprès de Justine prostrée dans un coin sombre du jardin.

-Ca va aller Justine lui dit Corinne d'une voix douce

Ca va aller….

Elle marqua une pause tout en s'accroupissant pour maintenir Justine fermement par les épaules et tenter de calmer ce tremblement irrépressible.

-Là ! Là ! Calme-toi ! Respire lui murmure-t elle

Justine, hagarde, la regardait sans la voir mais elle entendait sa voix lointaine.

Inconsciemment, elle se focalisa sur cette voix et suivit son conseil.

En respirant ses tremblements faiblissaient et elle semblait peu à peu revenir à elle.

-Prends ton temps lui murmurait la voix mais reviens parmi nous. Tu ne risques rien je te l'assure. Fais-moi confiance. Tout va bien.

Justine cessa de trembler et fixa Corinne

-Ca y est dit-elle soulagée. Elle est revenue.

Ca va ma fille ?

Justine opina du chef

-Tu te sens capable de te lever ?

Justine opina à nouveau du chef

-Allez alors, viens je t'aide lui dit-elle tout en se relevant et en lui tendant les mains.

Justine s'en saisit et légère comme une plume eut tôt fait de se relever.
Un léger étourdissement s'empara d'elle mais grâce à la présence de Daniel, le père de Cécile et des amis qui les avaient rejoints, ils purent éviter la chute.

Comme saoule, Justine fit quelques pas pour parvenir à s'asseoir et tout à coup, comme apeurée, chercha du regard le barbecue éteint depuis.

-Je suis désolée… dit-elle en adressant un regard plein de larmes à Corinne.
-Mais enfin tu n'as pas à t'excuser. Nous ne nous rappelions plus que tu avais peur du feu.
-Oui j'en ai peur et je ne sais même pas pourquoi.
-Oui nous nous souvenons de ta frayeur lors de la crémation de Saint Pantzar.
-Oui c'est vrai mais il y en a tellement eu avant….
Je ne sais pas ce qu'il m'arrive. Je ne peux absolument rien contrôler.
Excusez-moi s'il vous plait.

-Mais ce n'est rien répondirent-ils tous.
-En revanche, comme nous n'avons pas le choix de faire autre chose que le barbecue qui était prévu, je vous propose, les filles, de remonter dans votre chambre ou d'aller faire un tour pendant que je fais cuire la viande et vous reviendrez quand ce sera fini et que le feu sera éteint.

Les filles se décidèrent pour un tour du quartier à pied
histoire de prendre l'air.

Le lendemain, au petit-déjeuner, Corinne décida de reparler à Justine de sa phobie.

-Je voulais te demander, voudrais-tu que je t'aide à te guérir de ta pyrophobie ?

-Ma pyro quoi ? demanda Cécile

-Pyrophobie. C'est la peur du feu

Cécile se tut et laissa son amie prendre la parole.

-Je ne sais pas Corinne…

Je ne sais pas comment vous expliquer ce que je ressens : mon cœur dit oui mais ma tête m'en empêche et je ne sais pas pourquoi.

…

Il y a tellement de choses qui m'arrivent et dont je ne connais pas la raison.

-Ah ! Quoi par exemple ? demanda Corinne dubitative

-En plus de la peur du feu ?

-Oui

-Eh bien, j'ai peur de vous le dire. Vous allez me croire folle.

- Jamais ! Je t'écoute. Veux-tu que nous nous isolions pour être plus tranquilles lui proposa Corinne.

-Non ! Non ! Ca va merci. Il n'y a rien de secret ; surtout pas envers Cécile.

-Alors vas-y sans crainte. Raconte-moi ce qui te trouble. Je t'écoute.

-Eh bien, vous savez que je suis aide-ménagère auprès de personnes âgées.

Corinne répondit d'un hochement de tête.

-Je suis, en ce moment, au service d'une dame avec laquelle je m'entends très bien.

Elle est douce, gentille et si tendre avec moi que quelquefois, au vu de son âge, je me dis que si j'avais connu ma grand-mère, j'aurais aimé qu'elle fût comme elle.

Corinne écoutait attentivement Justine sans mot dire.

-Il y a quelques semaines, j'ai fait quelque chose qu'il ne faudrait pas faire dans le cadre de mes fonctions… J'ai accepté d'aller manger chez elle un dimanche midi.

Si vous saviez, Corinne, comme nous avons passé une très belle journée.

Elle qui ne cuisine pratiquement plus car se tenir debout, marcher la fait beaucoup souffrir, elle m'a préparé un repas gastronomique.

Nous avons discuté sans nous rendre compte de l'heure.

Je me suis confiée à elle sans hésitation et elle, elle m'écoutait le regard brillant et vif.

Elle me parla à son tour de sa vie. J'ai vu des larmes dans ses yeux, perçu des sanglots dans sa voix.

Elle ne m'en a pas dit davantage mais tout s'est passé comme si je savais pourquoi elle était triste bien que je sois incapable de vous dire exactement pourquoi.

Vous comprenez, Corinne que je ne peux parler de ça à personne au risque de passer pour une « tarée ».

-Je comprends dit tout bas Corinne.

…

Justine se tut un court instant puis reprit son monologue.

-Et encore, ce n'est pas le plus troublant. Elle m'a, par deux fois, pris les mains et touché l'avant-bras dans un geste tendre et protecteur.

Un frisson a parcouru mon bras jusqu'à ma colonne vertébrale.

Je l'interrogeai du regard mais comme je n'obtins pas de réponse, je n'épiloguai pas.

-Tu m'as dit que tu aurais aimé qu'elle fût ta grand-mère.

-Oh oui répondit Justine enthousiaste

-Où est ta grand-mère ? Où sont tes grands-parents ?

-Morts répondit-elle tout de go. Des deux côtés.

A vrai dire, cela fait très longtemps. Papa et maman ne m'en ont jamais véritablement parlé.

Papa m'a juste dit quand on est arrivé à Ayherre qu'il avait grandi ici. Mais ravie de cette nouvelle vie qui m'attendait, je n'ai pas posé plus de questions et maintenant c'est trop tard. Personne ne pourra plus me répondre dit-elle réprimant une larme.

Corinne lui prit une main pour la réconforter.

-Tu sais ce dont tu aurais besoin ?

-Non ? répondit Justine intriguée

-Il faudrait que tu fasses une thérapie. Tu ne peux pas vivre avec cette phobie du feu toute ta vie.

Dans ton cas, je pense que le déclenchement de ta peur est lié à l'interaction de plusieurs facteurs dont tu n'as probablement pas conscience.

-Euh ! …. Pardon ? C'est-à-dire ?

-Ben disons que quelque chose a dû te traumatiser jadis. Mais tu n'as pas été vraiment consciente que ça te traumatisait alors que ton subconscient en a souffert. Et donc, tant que tu n'auras pas soigné ton inconscient de ce traumatisme, il te forcera à le revivre en boucle car il ne sait pas faire autrement pour se soigner.

-Ah d'accord répondit Justine perplexe.

Mais qu'aurait-il bien pu m'arriver? demanda-t elle

-Ce peut être différentes choses ou un simple évènement qui te semble anodin mais peut-être insupportable pour ton inconscient.

Justine fit une moue dubitative ne sachant que répondre.

-Si tu veux, peut-être pourrions-nous nous organiser pour que je te prenne en consultation et qu'on tente d'élucider le mystère ? lui demanda Corinne en riant pour désamorcer un peu l'ambiance pesante et surtout pour lui laisser entrevoir par la thérapie un début d'explication.

Justine ne répondit pas et l'été se déroula de la façon parfaite pour les deux amies qui ne reparlèrent pas de l'épisode du barbecue pas plus que de la proposition de la mère de Cécile.

De retour à Ayherre, Justine reprit son travail et revit ses bénéficiaires avec joie.

Elle avait manqué à tous et elle avouait qu'ils lui avaient manqué aussi.

Mais elle avait surtout hâte de revoir Jeanne.

-Ma fille ! Quel bonheur que ton retour ! Enfin ! lui dit Jeanne en prenant Justine dans ses bras

Comment se sont passées tes vacances ? Viens, monte, tu vas tout me raconter.

-Mais j'ai du travail Jeanne…

-Ah ça oui. Ta remplaçante n'a pas été aussi efficace que toi mais aujourd'hui, je m'en moque. Je veux tout savoir de tes vacances mais avant, je vais nous faire un thé.

Les deux femmes papotèrent bien au-delà de l'heure impartie à chaque bénéficiaire mais Justine n'avait pas de rendez-vous avant 14 heures, aussi Jeanne proposa-t elle de l'inviter à manger.

Elle profita de ce moment de détente pour évoquer avec Jeanne l'anecdote du barbecue.

-Ce n'est pas la première fois que ça m'arrive, vous comprenez ?

-Tu as essayé d'en parler à un docteur ?

-La maman de Cécile, Corinne est psychiatre. Elle m'a proposé de me prendre en thérapie pour tenter d'élucider l'origine de cette peur

-Oui ! Très bien ! Qu'as-tu répondu ?

-Je n'ai pas répondu dit Justine penaude

-Il faut que tu acceptes. C'est la seule solution. Tu ne pourras pas t'en sortir toute seule.

-Je sais dit Justine en baissant la tête.

-Il faut que tu acceptes. Alors maintenant que tu es de retour au village, ce sera moins facile que lorsque tu étais sur place cet été mais peut-être qu'elle peut te conseiller un confrère à Urt, la ville est plus importante que la nôtre.

Appelle-la et dis-lui que tu veux bien de l'aide ? lui dit tendrement Jeanne en relevant une mèche tombée devant ses yeux.

Justine tressaillit une fois encore mais cette fois osa le dire à Jeanne.

-Je voulais vous parler de quelque chose aussi dit-elle en frissonnant mais je n'ose pas. Vous allez penser que je suis folle.

Jeanne lui adressa un sourire en guise d'encouragement

-Je ne sais pas comment vous expliquer.

Chaque fois que vous me touchez. La main ou même à l'instant quand vous avez relevé la mèche de devant mes yeux, je ressens comme un frisson qui me parcourt le corps.

Je ne comprends pas. Vous percevez la même chose ?

-Je ne sais que te répondre. Si c'est une histoire de ressenti physique, je te dirai franchement non. Mais s'il s'agit d'une perception psychologique, sentimentale, je peux affirmer que oui.

Depuis ton entrée dans la maison, je ressens pour toi une affection digne de celle que j'ai donnée à ma fille.

Justine regarda intensément Jeanne et lui dit qu'elle avait ressenti la même chose et que les jours, semaines et mois

passants, elle se sentait de plus en plus proche d'elle...
Telle une petite-fille et sa grand-mère.
Jeanne fondit en larmes.
Justine se leva précipitamment pour la rejoindre et la
prendre dans ses bras.
A nouveau ce trouble, l'ébranla mais elle n'en fit pas cas.
Jeanne pleurait. Justine la berçait.
-Les rôles sont inversés murmura Jeanne dans un sanglot
-Oui ce n'est pas grave. Vous en avez besoin, je suis là.
C'est tout ce qui compte.
-Merci ma fille. Merci lui dit Jeanne dans un souffle.
-Je vais vous chercher un verre d'eau, ça vous fera du
bien. Mais il va falloir que je vous laisse. J'ai des rendez-
vous cet après-midi. Je repasserai après mon travail. Je
n'aime pas vous quitter dans cet état.
-Ne t'inquiète pas dit Jeanne en s'essuyant les yeux. Ce
n'était qu'un moment d'émotion. Il est déjà passé.
Regarde, mon plus beau sourire va t'accompagner tout
l'après-midi.
Les deux femmes échangèrent un long câlin et Justine
prit congé.

Justine finit son travail plus tard que prévu ce jour-là. De peur de déranger la vieille dame, elle préféra lui téléphoner plutôt que d'y passer.

Elle fut aussitôt rassurée mais elle s'interrogeait toujours sur la signification des larmes de Jeanne.

-Il faudra bien qu'elle m'explique se dit-elle en raccrochant.

-Allo ? Justine ?

-Oui Jeanne. Tout va bien ?

-Oui ! Oui ! Ne t'inquiète pas. Je voulais juste te demander de m'emmener quelque part demain.

-Bien sûr Jeanne. Où souhaitez-vous aller ? Chez le coiffeur, le dentiste ?

-Rien de tout ça. Je te le dirai quand tu seras là. Je t'embrasse dit-elle en raccrochant.

Justine raccrocha à son tour perplexe.

« Où veut-elle se rendre pour qu'elle ne veuille pas me le dire ?

Au son de sa voix, je l'ai trouvée un peu triste » se dit Justine.

« Peut-être est-ce la conséquence de ses larmes de l'autre jour ? Demain, j'en saurai plus ».

Le lendemain, à onze heures, Justine se gara
maladroitement devant chez Jeanne et laissant tourner le
moteur, alla sonner.
Quelques secondes plus tard, Jeanne faisait son
apparition.
Bien coiffée, ses cheveux retenus dans une légère
mantille lui tombant sur ses frêles épaules, vêtue d'une
robe en laine grise fine soulignée d'un collier de perles et
rehaussée de ballerines bordeaux, elle monta dans la
voiture de Justine dans un sillage fleuri de lavande et de
discrète violette.
-Vous êtes magnifique Jeanne ! ne put se retenir de
s'exclamer Justine.
-Merci ma douce mais ce ne sont que des atours qui ne
font que masquer la triste réalité de la vieillesse.
-Non Jeanne, ne dites pas ça. Vous êtes d'une telle
élégance. Et ce parfum vous va si bien.
-Merci ! Merci ! lui répondit-elle le regard un peu triste
-Alors, où va-t on ? demanda Justine guillerette à l'idée
de cette escapade mystérieuse
-Au cimetière, mon enfant.
-Au cim… s'interrompit Justine surprise
-Oui ! Au cimetière. Il faut que je te présente quelqu'un

Justine déglutit et démarra. Le trajet se fit dans le silence.
C'était une première pour les deux amies. Elles qui ne
tarissaient jamais de sujets dès qu'elles étaient ensemble.

Elles n'échangèrent que sur les directions à prendre et
pour choisir la place de parking.

Justine trouvait l'ambiance lourde, délétère depuis que Jeanne avait pleuré en sa présence, quelque chose avait changé mais Justine n'osait pas lui en parler.

Elle l'aida à sortir du véhicule et lui proposa son bras pour pénétrer dans le cimetière. Passé l'immense portique, Justine sentit Jeanne prendre une grande respiration. Elle s'arrêta et la regarda avec tendresse. Elle lui sourit en guise de réponse et elles repartirent.

Le porche donnait accès à un vestibule pavé de tommettes disjointes, par endroits fêlées voire brisées. De part et d'autre, se trouvait une enfilade de bancs aux planches d'assises disjointes montées sur des pieds rouillés. Une odeur de renfermé et d'humidité saluait l'arrivant en ce lieu bien qu'ouvert aux quatre vents.

Passé ce vestibule, le terrain se faisait plus meuble. De sable, de graviers et autres gravillons mêlés de terre, se déployaient les allées.

Un dédale de tombes s'offrait à la vue.

Justine jette un œil à Jeanne qui d'un léger coup de bras lui impose d'avancer.

-Tu vois là ? C'est le carré des anges dit soudainement Jeanne.

C'est la partie du cimetière où on enterre les bébés, les enfants. Regarde sur cette tombe blanche, la statue d'un ange veille sur le sommeil éternel d'un bébé qui n'a vécu que trois jours.

Justine mutique regardait béate la tombe de ce bébé. Elle prenait conscience qu'en effet, elle ne s'était jamais rendue dans un cimetière.

Même pour inhumer ses parents, cela s'était fait dans le cimetière de la famille de Don Juan.

Après s'être un instant recueillie, Jeanne reprit le bras de Justine et elles continuèrent leur marche parmi les tombes.

Au bout d'une longue allée bordée de tombeaux monumentaux, signe de riches familles, les deux amies arrivèrent dans une zone plus clairsemée aux tombes plus modestes.

Elles firent encore quelques pas pour parvenir au fond du cimetière devant une tombe collée à l'angle du mur.

Justine leva les yeux et put lire en lettres noires gravées :

Familles TUFFAUT et STEPPE

Jeanne baissa la tête, lâcha le bras de Justine et joignit ses mains en prière sur son cœur.

Justine l'écoutait psalmodier des paroles inintelligibles. Elle vit des larmes couler en silence sur ses joues mais resta silencieuse.

Après quelques minutes et sans détourner le regard de la tombe, elle dit à Justine d'une voix blanche :

-Je te présente ma fille, Sylvie, Clément, mon gendre et leur fille, MA petite fille, Claire.

Justine porta une main à sa bouche pour étouffer un cri de surprise. Elle aussi ne quittait plus la tombe des yeux.

Jeanne se rapprochant de Justine, lui prit le bras et lui dit tout bas :

-Nous avons un point commun. Tu m'as parlé de ton drame familial. Il fallait que je te parle du mien.

Voilà, c'est chose faite dit-elle dans un souffle mouillé de larmes.

Justine demeura silencieuse. Elle posa sa main sur celle de Jeanne et se recueillit sur la sépulture des enfants de Jeanne comme s'ils était de sa famille.

Justine ne revit Jeanne que quelques jours plus tard.
Elle avait longuement pensé à cette « rencontre ».
Quelque chose l'avait touchée, émue, atteinte même mais
cette chose restait indéfinissable. Peut-être était-ce
l'affection qui l'unissait à Jeanne qui faisait qu'elle
s'appropriait sa détresse?
Peut-être était-ce tout bonnement de l'empathie, bien
naturelle se disait-elle cherchant à expliquer son trouble.
Comme une sensation de ne pas être à sa place, d'être ni
« son employée » ni son amie ; quelque chose qui y
ressemble mais qui ne l'est pas.
Jeanne ressentait de l'affection pour elle mais pour
Justine c'était dans sa chair qu'elle tressaillait.

Avant de se rendre chez Jeanne, instinctivement, elle prit
son téléphone et envoya un message à Cécile :
« *Coucou mon double maléfique, j'espère que tu vas bien
ainsi que tes parents.*
*Je voulais te dire que j'ai beaucoup réfléchi à la
proposition de ta mère au sujet de la thérapie qu'elle me
conseillait de suivre. Je suis d'accord pour faire un pas
vers une guérison, peut-être LA guérison qui sait ?*
*Aussi, voudrais-tu s'il te plait transmettre ce message à
ta mère afin de voir comment nous pourrions nous
organiser ?*
Merci ma poulette. Des gros bisous à tous »

Quand Justine arriva chez Jeanne, comme à son habitude, elle ouvrit la porte, la referma soigneusement et monta jusqu'aux appartements.

Elle frappa légèrement à la porte et la poussa.

Elle appela doucement Jeanne qui ne répondit pas.

Elle fit quelques pas dans le hall et passa la tête dans le salon.

Elle vit Jeanne assoupie sur le canapé, entourée de photos éparses, une boîte ouverte sur la petite table d'où d'autres s'en échappaient.

Elle s'approcha sans faire de bruit et jeta un œil aux clichés avant de secouer délicatement Jeanne.

Celle-ci marmonna et ouvrit un œil intrigué.

-Ouh ! Tu es là. Excuse-moi, je me suis endormie dit-elle en se relevant légèrement et en s'étirant.

« Bouh ! », je dors si mal depuis quelques jours, le sommeil m'a cueillie sans que je m'en aperçoive.

-Eh bien c'est une très bonne chose. Voilà qui vous aura fait du bien dit Justine en lui proposant sa main pour l'aider à se lever.

-Oui sans doute dit-elle machinalement. Tu veux un café ? poursuivit-elle d'un ton plus joyeux.

-Oui, merci, je veux bien.

Mais attendez, je vais le faire

-Non ! Non ! Aujourd'hui c'est moi qui prend soin de toi lui dit-elle en lui donnant une chiquenaude sous le menton. Assieds-toi dans le canapé, on va « se la jouer » princesse au salon dit-elle en riant.

Pendant que Jeanne disparut dans la cuisine, Justine se saisit des photos.

Elle vit des clichés en noir et blanc aux bordures dentelées blanches montrant des portraits figés comme on aimait à les photographier à l'époque.
Par endroits, jaunis par le temps, les visages, déjà flous, étaient inidentifiables.
Justine regardait des jeunes filles entourées de jeunes femmes mais également de grands-mères et pensa qu'il s'agissait sûrement d'une photo de famille représentant toutes les générations de femmes. Elle les voyait vêtues de leurs plus beaux atours. A cette époque, prendre une photo comptait. Elle serait peut-être la seule trace du passé familial, il fallait se montrer sous son meilleur jour. Aujourd'hui, de vidéos en « selfies », le symbole n'est plus le même, il s'est même perdu.
Elle vit également des scènes de vie paysanne, le temps des moissons, le jour où « on tuait le cochon » mais aussi des photos plus récentes, aux couleurs très/trop contrastées. Les visages étaient rougeots, les tenues plus vives. Justine pensa qu'elles avaient dû être prises dans les années 70 car ses parents en avaient quelques-unes comme ça dans le camping-car, sur lesquelles ils étaient représentés enfants.
Elle pensa qu'il était dommage qu'elle n'en ait pas pris une avec eux quand ils sont repartis de Saint-Jean-de-Luz… Elle l'aurait montrée à Jeanne. Mais, en même temps, qui aurait pu prévoir qu'elle ne reverrait plus ses parents.

Justine se secoua pour ne pas tomber dans la peine, se concentrant sur ces images d'un passé si vivant.
-Ah tu regardes ces vieilleries ?

-Oui pardon Jeanne ? Peut-être n'aurais-je pas dû ? J'ai été indiscrète, excusez-moi.

-Mais non mon enfant. Il n'y a plus rien de secret maintenant que nous sommes allées ensemble rencontrer mes enfants…

Justine ne dit rien et se leva pour prendre le plateau des mains de Jeanne.

Cette dernière s'assit et en tapotant de la main sur le canapé, fit signe à Justine de venir s'asseoir à côté d'elle. Elle s'exécuta.

-Tu vois, dit Jeanne en prenant la photo du groupe de femmes que Justine avait justement regardée pendant que Jeanne préparait le café, ce sont mes sœurs, je suis là dit-elle en souriant et en montrant une petite fille aux cheveux clairs, longs, bouclés, habillée d'une robe courte, blanche, en dentelle laissant dépasser des pantys immaculés et volantés.

Tu vois là, désignant la plus âgée des femmes, en noir avec son tablier gris, c'est ma grand-mère, Lucie. Joli prénom n'est-ce pas ?

Justine opina du chef.

Et puis là, debout derrière elle, c'est maman. Elle s'appelait Claire… Comme ma petite fille…

Elle était jolie ne trouves-tu pas ?

Jeanne se tourna vers Justine et lui dit :

-Comme toi, elle avait une jolie peau.

Justine surprise par cette comparaison scruta la photo et ce trouble indéfinissable mais si caractéristique revint.

Nous vivions tous ensemble à cette époque-là. Nul besoin de nounou pour garder les enfants, les grands-mères s'en occupaient et ainsi transmettaient les valeurs de la famille et le sens du respect entre générations. Nous avions une vie riche malgré un porte-monnaie toujours vide et quelquefois aussi, l'estomac dit-elle en riant.

Mais, on était heureux… Jeanne repartit dans ses souvenirs.

Justine se saisit d'une autre photographie plus récente montrant une scène de repas de famille.

-Ah là, dit Jeanne revenant subitement à elle, c'est tonton André, tonton André et son chien, son inséparable Teckel, Bobby. Et là c'est sa femme, Simone. Simone c'était la sœur de ma mère, sa demi-sœur.

Tiens regarde au fond de la pièce sur le canapé, il y a toujours ma grand-mère Lucie et mon grand-père Paul du côté de papa. L'autre vieille dame, c'est Maria ma grand-mère maternelle.

Oh regarde, ça c'est Sylvie… Elle avait à peine 2 ans. Assise avec son ours, il est plus gros qu'elle dit-elle en riant.

Justine sourit émue de regarder ces photos. Elle se sentait à la fois si proche et si loin de ces inconnus… Encore ce trouble persistant…

Justine sortit de ses pensées se sentant épiée.

Elle vit Jeanne la scruter, la dévisager avec instance mais aucune ne dit mot.

-Allo Justine. Bonjour c'est Corinne, la maman de Cécile, comment vas-tu ?

-Oui bonjour Corinne merci de me rappeler. Ça va. Je vis des choses un peu bizarres en ce moment mais rien de grave.

-Ah bon ! Des choses un peu bizarres dis-tu ?

-Oui rien de concret mais de fortes sensations. Peut-être pourrai-je vous en dire plus bientôt ?

-Tu crois qu'il y a un lien avec ta phobie ?

-Euh ! Non ! Je ne crois pas. En tous cas rien de directement lié.

-Bon on verra ça dit Corinne ne voulant pas épiloguer. Alors concernant tes séances de psy, j'ai bien réfléchi aussi. Je ne pourrai pas les assurer moi-même. Dans un premier temps, ça m'a fâchée car je comptais sur notre relation de confiance pour que tu sois à l'aise.

Commencer des séances de psy peut être difficile, déroutant et le patient peut se sentir fragile voire fragilisé. Il est très important qu'il y ait une relation de confiance, que la personne se sente rassurée.

Mais nous sommes trop éloignées et attendre que tu sois en vacances serait diluer beaucoup trop, dans le temps, tes séances.

Alors, comme rien n'arrive par hasard, figure toi, que je suis me rendue, la semaine dernière à un colloque à Bayonne. Nous étions une centaine de psy : psy-chiatres, -cologues, -chanalystes de France et de Navarre.

Nous avons passé trois jours quasiment à huis-clos, entre nous, nous avons échangé bien sûr sur la thématique qui nous réunissait ici mais aussi sur nos vies.

J'ai parlé de ton cas, sous couvert d'anonymat sois en sûre, en évoquant ta phobie.

Une collègue venant, je te le donne en mille, d'Urt…

-Eh mais c'est tout près de chez moi ça l'interrompit Justine enthousiaste

-Voilà justement où je voulais en venir répondit Corinne en riant. Si tu veux t'adresser à elle tu peux le faire les yeux fermés. Elle est douce et attentive, attentionnée et saura attendre avec patience que tu te livres.

-Mais si ça ne « colle » pas ? s'inquiéta Justine

-Eh bien si ça ne « colle » pas entre vous comme tu le dis, soit tu le lui dis clairement, ce qui est la meilleure des choses à faire soit, tu ne reprends pas rendez-vous et n'en parlons plus

Justine répondit par un borborygme acquiesçant ; du moins Corinne le pensa-t elle et poursuivit.

-Je te donne son nom et ses coordonnées tu l'appelles bien sûr de ma part.

-Bien Justine, maintenant que nous avons fait connaissance, que diriez-vous si je vous proposais de choisir un fauteuil pour vous détendre ?

Justine se leva, hésita un court instant entre les deux fauteuils meublant presqu'à eux seuls la petite pièce qui constituait le cabinet du docteur Caouane avant d'en choisir un. Une petite bibliothèque finissait d'habiller le mur de trois légères étagères et de l'autre côté de la pièce, se trouvait le bureau auprès duquel les deux femmes s'étaient installées pour faire connaissance. Les fauteuils étaient larges, massifs, confortables et placés dans la pénombre due au store à demi-fermé. Une sensation de calme, de quiétude envahit Justine. Le Docteur Caouanne s'installa sur l'autre fauteuil qu'elle déplaça pour être en face de Justine. Elle saisit un bloc note et confortablement installée, sourit à Justine l'invitant à lui parler de tout ce qu'elle souhaitait. Justine, impressionnée, resta coite ne sachant que sourire pour s'excuser de son mutisme.
-Qu'est-ce qui vous amène Justine ? demanda tout à coup le Docteur.
-Euh ! J'ai peur du feu…
-Vous avez peur du feu ? Mais quelle forme de feu ?
Justine écarquilla les yeux ne comprenant pas la question.
-Je veux dire… se reprit-elle, vous avez peur de quel feu ? La flamme d'une allumette, celui de la cheminée…… ?

-De tous je pense…. dit Justine en baissant la tête. Même d'en parler me fait frissonner poursuivit-elle en se massant les avant-bras pour dissiper ses frissons.

-Bien. Et selon vous, cette peur vient de quoi ?

-Je n'en sais vraiment rien. A chaque fois que je fais des crises, j'essaie de réfléchir à ce qui a pu la provoquer mais sans succès.

-Vous souvenez-vous de la première fois où cela vous est arrivé ?

-Oui, ça je m'en souviens.

-Ah très bien. Voilà on avance. Je vous écoute dit le Docteur le stylo à la main.

-Nous étions en Espagne à ce moment-là avec mes parents.

-En Espagne ? l'interrompit le Docteur vivement intéressée.

-Oui, je suis née en France expliqua Justine, comme je vous le disais tout à l'heure mais très vite, mes parents ont décidé de s'expatrier et j'ai grandi là-bas.

-Vos parents travaillaient ?

-Oui ! Nous habitions dans un camping-car et nous nous déplacions au gré des missions : saison des fraises et asperges, pêche au lamparo, fonderie de l'or à Tolède, saison au Portugal et ce jusqu'au début de l'hiver. Puis, on recommençait l'itinérance dès le printemps.

-Ah chouette s'exclama le Docteur. Vous avez été heureuse de vivre de cette façon ?

Disons que je n'ai connu que ça. Alors heureuse ou malheureuse, je ne saurais vous le dire. Je le vivais voilà tout.

Ce qui me gênait le plus c'était le manque d'amis de mon âge. Quand on voyage beaucoup, même si on revient chaque année au même endroit, les mêmes gens ne reviennent pas toujours. Alors j'étais souvent seule avec mes parents…. Mais bon c'était comme ça….

Justine voyait le Docteur écrire quasiment tout ce dont elle lui parlait.

-Et alors vous me disiez que vous vous souveniez de la première fois où vous vous êtes rendue compte que vous aviez peur du feu.

-Oui, c'était donc en Espagne. Nous étions du côté de la province d'Alméria pour la saison des fraises et des asperges. J'avais autour de 14-15 ans et j'avais fait la connaissance d'un groupe de jeunes qui venait « faire, lui aussi, la saison ».

J'ai sympathisé avec notamment un des garçons qui m'invita un soir à participer à un barbecue entre jeunes. Tout se passa bien jusqu'à ce qu'on mette le feu au tas de bois.

Le souffle, le ronflement même du feu m'a fait vibrer tout le corps.

Et quand la flamme a soudain jailli du brasier, je me suis sentie happée par elle.

Je me suis mise à trembler et me suis enfuie en courant aussi loin que possible de cet enfer sur Terre.

Mon ami me rattrapa et me ramena, hagarde, comme saoule, au camping-car.

Sans cesser de prendre des notes et sans lever la tête de son bloc, le Docteur demanda à Justine :

-Comment ont réagi vos parents de vous voir rentrer dans cet état et surtout pour cette raison.

Devant le mutisme de Justine, le Docteur releva le nez et la vit interdite.

-Que se passe-t il Justine ? Vous pensez à quelque chose ?

Justine secoua la tête et fut incapable d'expliquer ce qui s'était passé pendant ce court moment d'absence.

-Bien ! Nous allons nous arrêter là pour aujourd'hui. Ne nous précipitons pas.

Justine cligna des yeux comme pour redescendre sur Terre et fixa le Docteur.

-Ca va Justine ? s'inquiéta le médecin

-Oui oui ! Je suis un peu « sonnée ».

-C'est normal. Une thérapie ça secoue toujours. On pense ne dire que des choses anodines dont on a conscience mais ces choses dénouent des liens de l'inconscient et ça ébranle tout l'édifice, si je puis dire, souligna-t elle, avec humour.

Alors maintenant, je vous propose de rentrer chez vous, reposez-vous, buvez beaucoup d'eau ou des infusions, du thé et couchez-vous tôt.

Laissez passer un jour ou deux et ensuite, vous saurez si vous voulez poursuivre cette thérapie ou l'arrêter.

Si vous voulez la continuer, je le ferai avec plaisir soyez en assurée.

Voilà dit le Docteur en raccompagnant Justine à la porte du cabinet. Je vous laisse revenir vers moi.

Justine laissa passer quelques jours et décida d'appeler
Corinne, la mère de Cécile, pour l'informer de sa
première séance chez la collègue qu'elle lui avait
conseillée.

-Ah ! Je suis contente que tu te sois sentie en confiance
avec elle.

-Oui ! En confiance et surtout, j'ai bien vu qu'elle prenait
en considération mon problème.

-Bien sûr. Ce n'est pas normal de souffrir ainsi. Il faut
que ça s'arrête et donc, il faut que tu comprennes ce qui
s'est passé.

Tu vas y revenir ?

-Oui, je pense

-Parfait ! Tiens-moi au courant si tu le veux bien ?

-Oui oui Corinne, je le ferai

Les deux femmes raccrochèrent et Justine reprit aussitôt
son téléphone et composa le numéro du Docteur
Caouanne.

-Aujourd'hui Justine, je vais vous proposer quelque chose.

Rien ne vous oblige à accepter et même si vous acceptiez et qu'en cours de route vous souhaitez tout arrêter, ce sera possible.

Me faites-vous confiance pour tenter cette technique ?

Justine resta interdite, anxieuse mais faisant confiance au Docteur finit par lui répondre hésitante.

-Euh… Oui…. Mais pourriez-vous m'en dire plus s'il vous plait ? Quelle est donc cette technique ?

-C'est la technique du brainspotting.

Justine écarquilla les yeux d'incompréhension et le Docteur poursuivit.

-La thérapie Brainspotting a été découverte en 2003 par David GRAND, qui est un docteur américain. Plus de 8000 thérapeutes y ont été formés aux Etats-Unis, en Amérique du Sud, en Europe, au Moyen-Orient et en Asie. La direction de notre regard impacte notre ressenti. Le brainspotting fait usage de ce phénomène naturel, par le biais de différentes positions oculaires. Ce processus permet au thérapeute de localiser, recentrer et de libérer un large éventail d'éléments aux niveaux émotionnels et corporels.

C'est une méthode thérapeutique puissante et pointue qui fonctionne car elle permet à la fois de diagnostiquer et de traiter.

Justine n'avait cessé d'écarquiller les yeux,
impressionnée certes mais quelque peu effrayée aussi.

Le Docteur Caouanne s'étant rendu compte de son
trouble s'empressa de la rassurer
-Ne vous inquiétez pas. Vous resterez pleinement
consciente de ce qui se passe. Il n'est pas question
d'hypnose.
En fait, vous allez rester assise sur le fauteuil comme
vous êtes là.
Nous allons décider ensemble de parler d'un sujet et
pendant que vous me parlerez, je vais vous demander de
vous concentrer sur la baguette que je déplacerai devant
vos yeux.
A un moment, en suivant la baguette, vous vous sentirez
terriblement mal ou au contraire parfaitement bien. C'est
vous qui me direz comment vous vous sentez.
Quand nous aurons fini le processus, votre cerveau aura
diagnostiqué votre malaise comme un acte extérieur à
votre corps. Il vous fera « comprendre » ce traumatisme
comme s'il était arrivé à quelqu'un d'autre et ainsi, il ne
vous appartiendra plus et vous n'en souffrirez plus.
Vous comprenez Justine ?
-Euh… Oui je crois mais quand vous dites que je me
sentirai mal en suivant la baguette des yeux. Que voulez-
vous dire en fait ? demanda-t elle à présent inquiète.
-Je veux dire que selon où votre cerveau a stocké votre
traumatisme, vos yeux s'y rendront en fixant soudain un
point dans l'espace : contre le mur, sur la fenêtre, au sol.
Et quand vos yeux fixeront ce point précis qui correspond
à la zone de votre cerveau où est stocké le traumatisme,
je laisserai la baguette s' immobiliser à cet endroit pour

vous forcer à me parler de ce traumatisme tout en demandant à votre cerveau de le sortir de son emplacement et de le revivre avec vous.

Ainsi, il ne vous appartiendra plus et ne vous fera donc plus souffrir, vous comprenez mieux ?

-Ah d'accord. Vous voulez dire qu'en fixant un point dans la pièce on pourra trouver quelle est la raison pour laquelle j'ai peur du feu ?

-Oui voila ! C'est possible. Je pense, si vous êtes d'accord, qu'on peut essayer.

Pas très convaincue par cette histoire de point fixe et de baguette, Justine décida d'accepter, d'autant plus que le Docteur lui avait précisé qu'elle pouvait arrêter à tout moment.

-Que puis-je risquer ? se dit-elle.

Rien du tout. Au pire, ça ne marche pas et au mieux, on saura.

-Alors, installez-vous confortablement dans le fauteuil.

Justine s'exécuta.

-A présent, respirez profondément par le ventre et expirez par la bouche. Quand vous êtes prête, sereine, dites le moi.

-Euh… Sereine, je ne sais pas si je saurai l'être car cette méthode me parait aussi bizarre qu'angoissante…

Le Docteur sourit et rassura Justine une nouvelle fois.

Justine ferma les yeux, respira comme le lui avait conseillé le Docteur et lui fit signe qu'elle était prête.

-Alors allons y dit le Docteur d'une voix douce mais ferme. Je vais m'installer à vos côtés dit-elle en faisant glisser un petit tabouret sur lequel elle prit aussitôt place. Vous allez rouvrir les yeux et commencer à me parler des différentes occasions où vous avez été en contact avec le feu et les crises que cela provoqua.

Justine commença à évoquer la première anecdote qui s'était déroulée à Alméria.
Elle en parlait d'une voix atone comme récitant une leçon apprise depuis longtemps.
A l'évocation de la deuxième anecdote, elle vit le Docteur sortir de sa poche une baguette télescopique qu'elle déplia devant ses yeux.
A nouveau de cette même voix douce et ferme, elle lui dit de continuer son récit tout en fixant la pointe de la baguette.
Justine poursuivit sa narration en racontant l'anecdote du feu dans le champ où ses parents avaient garé le camping-car et dans lequel elle se trouvait quand il avait pris feu.

Tout à coup, la baguette s'arrêta sur sa droite et Justine en fixa l'extrémité comme le Docteur le lui avait dit.
Dans un premier temps, rien ne se passa mais très vite, une drôle de sensation traversa son corps.
Une sensation très forte d'avoir envie de prendre ses jambes à son cou mais sans savoir pourquoi.
Elle s'en ouvrit au Docteur sans cacher sa peur.
-Très bien Justine. Nous y sommes dit-elle de cette même voix
Vous sentez vous assez forte pour continuer ?

Justine acquiesça dans un murmure.

-Très bien. Que ressentez-vous dans votre corps ?
poursuivit-elle

-J'ai envie de partir en courant répondit Justine

-Non Justine ce n'est pas ce que je vous demande.
Je veux savoir ce que vous ressentez dans votre corps.
Vous avez chaud ou froid ? Vous avez mal quelque part ?
Dites-moi

-Euh, je ne sais pas…

-Prenez votre temps

Justine n'avait pas quitté du regard le bout de la baguette
et elle tentait cette si difficile introspection.

-J'ai mal aux yeux.

-Comment ça ? Vous avez mal aux yeux ?

-Oui, ils me piquent, me brûlent même.

-Vous avez les yeux qui brûlent ?

-Oui, j'ai envie de me les frotter mais j'ai mal aux mains
aussi. Comme si elles brûlaient elles aussi.

-Ne quittez pas la baguette des yeux dit le Docteur tout
en la ramenant vers la gauche.

Soudain, Justine se sentit mieux, elle sembla respirer à
nouveau et le dit au Docteur, qui arrêta une nouvelle fois
la baguette à ce point de confort précis et lui posa à
nouveau la question sur son ressenti corporel.

-Je n'ai plus mal ni aux mains ni aux yeux. J'ai
l'impression que je respire mieux et mes jambes me
paraissent aussi détendues, moins crispées.

-Parfait ! dit le Docteur.
On va arrêter là pour cette fois.

-Déjà ! s'exclama Justine. Mais on ne sait rien encore.

-C'est exact répondit en souriant le Docteur. Vous avez l'impression de n'avoir rien appris mais votre inconscient a fait un travail fou.

Il faut lui laisser le temps de digérer son nouveau choc traumatique.

Justine parut un peu déçue car elle pensait avoir aujourd'hui même des réponses.

-Je comprends votre impatience mais c'est dans la persévérance que viendra le salut.

Justine lui sourit résignée et prit congé après avoir noté un prochain rendez-vous.

Le lendemain, Justine se rendit chez Jeanne qui se montra heureuse de la revoir.

Après qu'elle eut fait le ménage, Justine la rejoignit à la cuisine où elle savait qu'un thé et des petits gâteaux l'attendaient.

-Ca va ma fille ? demanda Jeanne dubitative

-Oui… Ça va répondit Justine sans être convaincante.

-Ne me raconte pas d'histoire dit Jeanne fermement, je vois bien que tu n'es pas dans ton assiette. Dis-moi ce que tu as ?

Justine baissa la tête et consentit à se confier à Jeanne. Elle lui raconta la discussion qu'elle avait eue avec Corinne, la mère de Cécile.

Elle lui dit qu'elle avait fini par prendre rendez-vous avec ce docteur et qu'elle avait confiance en elle.

Elle lui narra la dernière séance avec la technique du « brainspotting » qui lui avait laissé autant d'attente que d'espoir vain.

Jeanne qui n'avait pipé mot durant tout le monologue de Justine lui dit avec une infinie douceur.

-C'est bien, très bien même d'essayer tout ce qui est possible. Quand quelque chose fait souffrir, il faut tout tenter pour arrêter cette souffrance même si la méthode n'est pas orthodoxe, elle n'en est peut-être pas moins efficace.

Justine sourit à Jeanne pour la remercier de son soutien.

-Et tu crois que c'est cette séance qui t'a assez chamboulée pour être morose aujourd'hui ?

-Oui, je pense car je suis très contente de venir vous voir, il n'y a donc pas d'autres explications possibles.

-Tu vas continuer ?

-Oui je pense répondit Justine d'une voix assurée qui la surprit elle-même.

-Parfait. Je suis là si tu veux en parler tu le sais n'est-ce pas ?

-Oui oui. Jeanne… répondit en souriant Justine qui ne tarda guère à prendre congé.

Les séances de « brainspotting » s'enchaînaient et laissaient à chaque fois Justine dans un état si particulier qu'elle ne pouvait le décrire.
Elle ressentait encore quelquefois de grandes douleurs physiques surtout au niveau des yeux et des mains et depuis peu, sa bouche et son nez la faisaient souffrir et elle éprouvait de grandes difficultés à respirer
Elle ressentait aussi des moments de chaleur intense suivis presqu'immédiatement d'une grande fraîcheur apaisante ; une sensation de sécurité.

Justine qui, jusque-là était restée dubitative eu égard à cette méthode, car elle n'en sentait pas les effets, devait se rendre à l'évidence : évoquer ces événements terrifiants de sa vie, lui apportait quelques jours après les séances, un calme jusqu'ici inconnu.
A tel point qu'elle se demandait comment elle réagirait si elle devait être confrontée à un barbecue, un feu de cheminée ou autre.
Curieusement, évoquer cette perspective ne l'inquiétait pas. Au contraire, une sorte de curiosité peut-être malsaine l'animait.

Elle s'en ouvrit quelques jours plus tard à Jeanne en se rendant chez elle.
Jeanne lui répondit aussitôt :
-Qu'à cela ne tienne. Après-demain, c'est dimanche, je t'invite au restaurant.
-Et qu'allez-vous faire ? Mettre le feu à l'établissement ? demanda Justine en riant à gorge déployée.

Evoquer en riant sa phobie, la surprit un peu malgré tout mais elle décida de ne pas s'appesantir, préférant en rire avec Jeanne.

-Non ! dit Jeanne en riant encore, je t'invite juste à manger des grillades au feu de bois.

Bonjour Justine, ici Claudine Bricourt, à la mairie.
Je vous appelle pour vous dire que Monsieur le Maire
voudrait vous voir.
J'ai pris la liberté de regarder votre planning et de
déplacer votre prestation chez Madame Tuffaut de 15
heures à 16 heures demain.
Aussi, avez-vous rendez-vous avec Monsieur le Maire
demain à 15 heures.
Vous voudrez bien vous munir de votre pièce d'identité,
de votre carte d'assuré social et du livret de famille de
vos parents. Bref, tout ce qui peut attester de votre
identité.
Veuillez me rappeler dès que vous avez ce message afin
de confirmer votre rendez-vous.
Merci beaucoup à très vite conclua-t elle et raccrocha.

A l'écoute du message, Justine fronça les sourcils,
dubitative.
-Qu'est-ce que c'est ça encore se dit-elle à haute voix.
Si Claudine a déplacé un de mes rendez-vous chez un
bénéficiaire c'est que ça doit être urgent. Et puis
pourquoi apporter des papiers pour prouver mon identité.
Tout à coup, Justine eut peur. Sans savoir pourquoi mais
elle eut peur.
Bon ! Le mieux étant d'être rapidement fixée, je vais
aller chercher ce que j'ai comme papiers. L'Espagne est
moins regardante que la France en matière
administrative. Je ne suis pas sûre de tout détenir.
Par exemple, elle me parle de carte d'assuré social,
qu'est-ce donc ?

Le livret de famille, je l'ai. Je m'en étais servi pour m'inscrire au lycée de Saint-Jean-de-Luz et je l'ai gardé.
Ma carte d'identité espagnole je l'ai aussi.
Bon et ben ce sera tout dit-elle. Il faudra bien qu'ils s'en contentent.

Le lendemain, Justine se présenta très en avance à la mairie, inquiète, préoccupée, elle voulait être vite fixée.
Claudine Bricourt la salua en arrivant et lui dit de patienter à l'accueil.
Justine s'exécuta et attendit en croisant, décroisant et recroisant les jambes, impatiente.

-Justine ! entendit-elle.
Elle se retourna et aperçut Claudine devant le bureau du maire.
Entrez s'il vous plait. Monsieur le Maire va vous recevoir.
Les jambes flageolantes, Justine fit les quelques pas qui la séparaient du cabinet.
Une fois à l'intérieur, Claudine s'effaça pour lui laisser la place et Justine se retrouva seule face au maire.
-Ah Mademoiselle Dubois ! Avancez, je vous en prie.
Prenez un siège lui dit-il d'une voix neutre qui ne rassura en rien Justine.
Elle s'assit sur le bord de la chaise, les genoux serrés et les mains posées sur ses cuisses.
Le maire toujours silencieux finissait de consulter un document dont il biffait par endroit les feuillets.
Soudain, il posa son stylo et leva le nez vers Justine tout en refermant le parapheur.

-Bien Mademoiselle Dubois. J'ai un petit problème avec vous.

Rien de grave j'espère, peut-être est-ce juste un petit raté de l'administration mais je dois le résoudre.

Justine ne pipait mot et tremblait de tout son corps mais espérait qu'il ne s'en aperçoive pas.

-Quand je vous ai embauchée, nous avons dû procéder à quelques formalités administratives comme la vérification de votre casier judiciaire mais également votre affiliation au régime de sécurité sociale.

Or, à ce jour, nous n'y sommes pas arrivés.

Au niveau du casier judiciaire français et de la sécurité sociale de notre pays, vous êtes citoyen inconnu.

Justine écarquillait les yeux au fur et à mesure de l'avancée des propos du maire.

Savez-vous où vous êtes née Mademoiselle ? demanda le maire un peu suspicieux.

-Oui… Je suis née à Bayonne. Regardez dit-elle en tremblant en tendant à l'édile son livret de famille.

-Ah très bien lui répondit-il soudain soulagé. Vous avez apporté des documents. Puis-je les consulter ?

Le ton moins pesant que venait d'adopter le maire rassura quelque peu Justine mais ce fut de courte durée.

-En effet, votre livret de famille stipule votre naissance à Bayonne mais ce livret est espagnol.

Il ne porte pas d'information qui prouve votre identité, vous comprenez.

Un certificat de vie m'aurait été plus utile.

Comment peut-on être née à Bayonne et n'avoir qu'un livret de famille et une carte d'identité espagnols ?

Mais ne vous inquiétez pas ce n'est pas de votre faute.
Vous avez les documents que vous avez. Ce que vous ne
possédez pas vous ne pouvez pas les inventer.
Justine opina et se sentit rassurée comme déculpabilisée.
Bon mais au demeurant, il va falloir trouver comment
prouver votre identité parce que Mademoiselle, je suis au
regret de vous dire que vous n'avez pas d'existence
légale en France.
-Mais enfin, dit-elle paniquée. J'ai pu m'inscrire au
lycée, obtenir mon diplôme…
-Les arcanes de l'administration sont quelquefois
sibyllins. Ce qui est bon pour les uns n'est pas suffisant
pour les autres.
Et moi, mon administration requiert des preuves de votre
naissance conclut-il sur un ton autoritaire.
Justine sentit les larmes lui monter aux yeux tant elle
était désarmée.
-Vos parents sont décédés, n'est-ce pas ? lui demanda le
maire
-Oui Monsieur…
-Bon selon vous, vous êtes née à Bayonne donc ?
-Oui Monsieur le Maire
-A quelle date ?
-Le 25 août 1998
-Bien. On va faire le nécessaire pour essayer de valider
ces informations.
Je vous tiendrai au courant.

Le maire se leva et invita Justine à prendre congé.

Une fois dans la voiture, elle s'appuya sur le volant et laissa couler ses larmes refoulées durant tout l'entretien.
-Mais que se passe-t il ? Je ne comprends rien.
Elle regarda l'heure et se rendit compte qu'elle allait être en retard chez Jeanne.
Elle démarra en trombe et monta rapidement les marches pour se mettre au travail. Mais quand Jeanne vit la tête de Justine, elle lui interdit l'accès au placard des produits d'entretien et lui offrit un café réconfortant.
-Que se passe-t il mon enfant ? Tu as l'air d'être bouleversée !
-Je sors d'un rendez-vous chez Monsieur le Maire.
-Ah ! Mais c'est pour ça qu'ils m'ont changé ton heure ?
-Oui dit-elle les yeux à nouveau embrumés de larmes
-Et alors, il t'a réprimandé? Tu as fait une bêtise ?
-Non, il m'a dit que je n'existais pas.
-Comment ? répondit Jeanne interloquée.
-Oui, je n'ai pas d'existence légale en France.
-Mais tu as des papiers non ?
-Oui j'ai mon livret de famille et ma carte d'identité espagnols. Mais pour lui, ce n'est pas suffisant pour prouver mon existence dit-elle en pleurs.
Il se demande comment en étant née en France, je ne détiens que des papiers espagnols.

Jeanne se leva pour rejoindre Justine et la prendre dans ses bras.
Justine tressaillit et se lova contre la poitrine de Jeanne.
-Après moi, tu as encore un rendez-vous ?
-Non répondit-elle en reniflant, vous êtes la dernière.

-Bien alors, tu ne rentres pas. Je te garde pour manger et tu resteras pour dormir. Demain il fera jour et je ne veux pas que tu restes seule ce soir.

Justine murmura un « d'accord » soulagé presqu'heureux.

Les deux amies se concoctèrent un petit repas avec les moyens du bord et rirent de l'aspect hétéroclite de ce festin.

Des endives en salade avec un reste de pâté de campagne pour lequel il faudra se partager un simple quignon de pain ; suivi d'un reste de spaghetti au beurre et d'une courgette farcie et pour finir un morceau de gruyère.
-Ce sera parfait avaient-elles conclu de concert.

Une fois sustentées, Jeanne proposa d'aller au salon déguster une infusion qu'elle apporterait à Justine.
-Vas-y je te rejoins lui avait-elle dit avec tendresse.

Justine avait obéi avec joie et confortablement installée dans le canapé elle avisa la boîte aux photographies qu'elles avaient regardées ensemble l'autre jour.
-Je peux regarder les photos Jeanne s'il vous plait ?
-Mais oui ma fille, tu es ici chez toi.

Justine sourit et prit la boîte sur les genoux.

Les deux femmes ne parlèrent plus de ce qui arrivait à Justine. Jeanne avait décidé de ne pas l'ennuyer avec ça.
-Laissons faire le maire avait-elle fort justement dit

Deux sonneries retentirent sur le téléphone de Justine le samedi matin qui suivit l'entretien avec le maire.

-Allo dit Justine inquiète

-Justine ?

-Oui Claudine, c'est moi.

-Ah parfait. Vous êtes disponible d'ici une heure ? Monsieur le Maire voudrait vous revoir pour évoquer avec vous les recherches qui ont abouti.

-Ah ! Il a trouvé quelque chose ? répondit Justine soudain ragaillardie.

-Oui mais je préfère que ce soit lui qui vous en parle… dit-elle laissant la phrase mystérieusement en suspens. Vous êtes libre pour venir dans une heure ?

-Euh… Oui ! Oui ! répondit Justine. Je serai là.

Une heure après, Justine, de plus en plus inquiète se retrouvait à l'accueil.

La porte du bureau de maire s'ouvrit laissant apparaître Claudine qui l'invita à rentrer en souriant.

-Asseyez-vous Mademoiselle Dubois. J'ai demandé à Claudine de rester avec nous cette fois. Cela ne vous dérange pas ?

-Non ! Non ! Pas du tout répondit Justine en souriant à Claudine.

-Bien, je n'ai guère de bonnes nouvelles à vous transmettre.

Claudine, d'où sa présence ce matin, a fait le nécessaire en contactant les autorités françaises mais aussi ibériques : votre existence est comment dirais-je « fictive ».

Justine écarquilla les yeux.

Claudine prit la parole avec une douceur apaisante dans la voix.

-Ce que veut dire Monsieur le Maire, c'est que nous avons contacté les autorités françaises pour obtenir la liste des enfants nés le 28 août 1998 à Bayonne. Nous avons même élargi le périmètre à des villes moyennes limitrophes au cas où... Mais votre nom n'apparaît pas dans la liste, vous comprenez ?

Justine opina du chef mais en vérité, elle ne comprenait absolument rien à ce qui lui arrivait.

Ses mains, posées sagement sur ses cuisses, tremblaient. Claudine s'en aperçut et posa une de ses mains sur les siennes en un geste doux.

-N'ayez pas peur. On va y arriver lui dit doucement Claudine

-Si j'ai peur car je ne sais pas comment faire pour me sortir de cette situation parce que je suis dans le pétrin n'est-ce pas ?

-Oui d'une certaine façon, il ne faut pas vous le cacher.

Justine baissa la tête réprimant des larmes de chagrin mais qui, ce matin, s'accompagnaient de la colère face à son impuissance.

-Comment je peux faire Claudine. Aidez-moi s'il vous plait. Je vous ai présenté les seuls papiers que je détiens. Mes parents ne sont plus là pour me secourir et je n'ai pas d'autre famille.

-Vos parents vous ont parlé de leur famille respective ?

-Non ! Très peu. Ils s'étaient brouillés et c'est pour cette raison qu'ils avaient décidé de s'éloigner.

-Ah mais il y a donc une famille.

-Peut-être mais je ne sais rien d'elle. Je ne sais pas où la trouver. Ils ne m'ont jamais parlé de personne.

-Vous ne trouvez pas bizarre Mademoiselle, que vos deux parents soient fâchés avec leur famille respective ? demanda le maire d'un ton inquisiteur.

Justine le regarda sans voix.

Elle ne s'était jamais posé la question…

En fait ce qui me gêne, poursuivit-il, c'est que vos parents semblent avoir agi comme des fuyards.

-Comment ça ? répondit Justine interloquée.

-Ce que je veux dire c'est qu'ils semblent avoir quitté la France avec une forme d'urgence en laissant derrière eux biens et personnes. C'est étrange ! Ca me pose problème je ne vous le cache pas.

-Je ne sais pas Monsieur le Maire. J'avais à peine six mois quand nous sommes partis en Espagne-enfin c'est ce que m'ont toujours dit mes parents !

J'ai grandi dans le camping-car familial et j'ai toujours vécu cette vie de nomade sans me demander si c'était pour fuir.

Pourquoi me serais-je posé toutes ces questions ? C'était le mode de vie de mes parents c'est tout répondit Justine exaspérée du ton soupçonneux de l'édile.

Mes parents ont travaillé toute leur vie et je puis vous jurer que « faire les saisons », ce n'est pas de tout repos. Il n'y avait pas d'heure, plus on travaille, plus on est payé.

Et mon père a même accepté de faire des travaux très dangereux pour nourrir sa famille. Il partait pêcher de nuit sur un bateau pas plus grand qu'une coquille de noix.

Et quand il travaillait à la forge de Tolède pour fabriquer des bijoux achetés par les touristes, là aussi il ne comptait pas sa peine.
Si vous aviez vu travailler mes parents, jamais vous ne penseriez qu'ils aient pu faire quelque chose d'illégal qui les aurait amenés à pour ainsi dire « disparaître ».

Claudine posa délicatement sa main sur l'épaule de Justine pour lui dire de se calmer et dit

-Ecoutez, je comprends votre désarroi.

-Et surtout mon honnêteté l'interrompit Justine

-Oui vous avez raison, votre honnêteté confirma Claudine. Monsieur le Maire et moi voyons bien que vous êtes désarmée.

Justine baissa la tête désemparée.

Mais il faut pourtant clarifier la situation…

-Et cette liste des enfants nés le 28 août 1998 à Bayonne, je peux la voir dit soudainement Justine

Claudine et le maire se regardèrent, s'interrogeant réciproquement en silence.

Justine les regardait à tour de rôle espérant une réponse positive de leur part. Elle ne savait pas pourquoi mais son salut pouvait tenir à ces simples noms.

Le maire rompit le silence et lui dit.

-A quoi cela servirait-il? Votre nom ne figure pas dans la liste…

Justine baissa à nouveau la tête et laissa s'affaisser ses épaules.

-Bon enfin Monsieur le Maire, la lui montrer n'est pas grave? Si ? l'interrogea Claudine

Justine releva la tête, pleine d'espoir.

-Oui ! Vous avez raison Claudine. Montrez la lui dit-il en la lui tendant.

Claudine se saisit du document et le tendit immédiatement à Justine qui constata tout de suite le peu de noms inscrits.

Mais très vite, parmi les onze noms griffonnés à la hâte par le maire, dont elle reconnut l'écriture, elle aperçut un nom qui lui sembla familier : *STEPPE*

Justine releva les yeux de la feuille et regarda Claudine interrogative.

-Quoi ? Qu'avez-vous vu ? lui demanda doucement Claudine

Justine ne répondit pas tout de suite et relut le nom pour en être sûre : *STEPPE*.

Claudine s'approcha et tenta de lire par-dessus son épaule ce qui avait tant interpelé Justine.

Justine s'en rendit compte et pointa son doigt vers le nom concerné.

-STEPPE ? C'est ce nom qui vous interpelle, Justine ?

Justine la gorge nouée ne put répondre et opina du chef.

-Pourquoi ce nom vous interpelle-t il ? lui demanda Claudine soudain intriguée

-C'est-à-dire que… Je ne sais pas si j'ai le droit de vous le dire ?...

-Non seulement vous en avez le droit mais vous en avez surtout l'obligation, Mademoiselle s'exaspéra le maire. Je ne sais pas si vous en avez conscience mais c'est votre avenir professionnel qui est en train de se jouer…

Si nous n'arrivons pas à prouver votre identité, Mademoiselle dit-il en appuyant ostensiblement sur le mot, nous ne pourrons pas vous garder dans la fonction publique territoriale.

Justine se sentit comme happée par les propos du maire. Happée comme prise en défaut mais une révolte sourde montait en elle devant tant d'injustice. Elle n'était pour rien à ce qui lui arrivait.

Elle leva des yeux furibonds en direction de l'édile qui n'en fit aucun cas et remit même le nez dans un dossier qui n'avait rien à voir avec le sien.

« Il pousse le dédain à s'occuper d'autre chose pendant que j'essaie de sauver ma vie. » se dit-elle abasourdie de ce manque manifeste de respect et de considération.

-Bon alors dit soudainement l'édile à bout de nerf. Vous allez nous le dire pourquoi ce patronyme a retenu votre attention.

A cet instant, Justine capta au vol un regard de Claudine quelque peu accusateur en direction de leur patron, cela l'apaisa, elle se sentit moins seule dans cette adversité.

-Répondez Justine lui dit Claudine toujours avec douceur.

Justine regarda Claudine et s'adressa à elle sciemment.

-Voilà, je travaille pour Madame Tuffaut. Depuis le début de ma mission, nous nous sommes senties très proches toutes les deux. Je l'ai considérée comme la grand-mère que je n'ai jamais eue et elle m'a prise comme la petite-fille qu'elle n'avait plus.

En plus de son ménage, nous nous voyons également à d'autres moments. Et c'est ce que je craignais de vous avouer, vous comprenez Claudine ? Je ne veux pas qu'on me reproche ce « copinage ».

Claudine lui posa à nouveau une main sur l'épaule pour la rassurer et l'encourager à continuer son récit.

Justine lui sourit et poursuivit.

-Et c'est donc à ces moment-là que nous avons fait plus ample connaissance.

Je lui ai raconté ma vie, elle m'a parlé de la sienne. Nous sommes allées au cimetière pour qu'elle puisse me « présenter » sa fille, son gendre et surtout Claire, sa petite-fille.

Claudine se tourna vers le maire.
-Monsieur le Maire, c'est l'affaire de l'incendie du lac ?
Justine, à ces mots fixa intensément Claudine mais aucun mot ne put sortir de sa bouche.
-Ah oui ! Vous avez raison. La famille qui est décédée dans l'incendie de leur maison. En effet, c'est la famille Steppe.
Allez-y continuez Mademoiselle l'exhorta le maire soudain vivement intéressé.

Justine continuait de fixer Claudine.

-Quoi ? Qu'est-ce qu'elle a encore ? s'énerva le maire.
Est-il possible de connaître plus de deux informations d'affilée sans qu'elle ne se fige ainsi ?
Justine se tourna vers lui surprise de toute cette rage. Elle qui le croyait si bienveillant voire jovial. Il est à présent bien différent.
Justine choisit de faire fi de cette hargne et continua sa narration à Claudine.

-Ils sont morts dans l'incendie de leur maison ?
-Oui Justine.
-Racontez-moi s'il vous plait.

-Madame Tuffaut ne l'a pas fait ?
-Non, elle est restée très évasive sur ce passé douloureux
et j'ai respecté son silence.

Justine sentait le maire s'agacer sur son fauteuil.
Claudine le perçut aussi et lui demanda s'il souhaitait
qu'elle quitte son bureau pour continuer cet entretien
dans le sien.
Il hésita et puis dans un souffle irrité lui rétorqua
-Et comment voulez-vous que je connaisse le fin mot de
cette histoire si vous vous isolez ?
Claudine regarda Justine avec douceur et elle poursuivit.
-Bon alors, si Madame Tuffaut ne vous a rien dit, je vais
le faire. Après tout, il n'y a rien de secret. Tout a été dit
dans la presse.
La famille Steppe, je crois que leurs prénoms c'était
Sylvie et… ??? Claudine hésita.
-Clément dit Justine
-Oui ! Voilà Sylvie et Clément ! Donc la famille habitait
la belle maison près de lac. Vous voyez laquelle c'est ?
Justine opina, elle y était passée à proximité en se rendant
au domaine Delors.
Ils vivaient confortablement, étaient heureux et d'autant
plus heureux quand Sylvie apprit qu'elle était enceinte.
Ils étaient venus me voir pour me demander d'organiser
un baptême républicain pour leur fille…. Claire c'est ça ?
-Oui ! Oui ! C'est ça répondit Justine
-Elle rayonnait de bonheur. Ils avaient une idée très
précise de la manière dont ils souhaitaient que
l'événement se déroule.
Elle m'en a parlé longuement….

Je me souviens, dit Claudine émue à l'évocation de ce rendez-vous, qu'elle voulait que tous les invités rentrent dans la salle municipale et s'installent. Eux feraient leur entrée, leur fille dans les bras puis une fois que tous seraient présents, le parrain et la marraine, dont je ne me rappelle plus les noms, des amis très chers, allaient entrer à leur tour et symboliquement elle leur donnerait Claire pour qu'elle commence sa route républicaine avec eux.
Claudine baissa la tête pour réprimer un sanglot.
Malheureusement poursuivit-elle, ils n'eurent pas le temps de faire quoi que ce soit.
Un soir et malgré l'intervention rapide des pompiers, leur maison est partie en fumée.
La gendarmerie retrouva les deux corps des parents allongés dans le couloir menant à la chambre de leur fille mais n'ont pas pu y parvenir. Les fumées toxiques les ont asphyxiés.
Il fut menée une longue enquête car le corps de l'enfant n'a pas été retrouvé mais au vu du brasier et de l'âge de l'enfant, elle devait avoir six mois à peine, peut-être moins, les enquêteurs ont pensé que son corps avait été totalement consumé. Des traces ADN ont été retrouvées sur le lit et sur les restes des couvertures et matelas, ce qui a confirmé ces soupçons.
La grand-mère, Madame Tuffaut, a donc décidé de faire faire un cercueil pour sa petite-fille qui ne contenait que ce matelas, les couvertures et un de ses jouets.

Justine laissait couler ses larmes en écoutant Claudine.

-Voilà Justine la véritable histoire de la famille Steppe.

Justine baissa la tête. Elle hoquetait. Claudine s'avança et la prit dans ses bras pour la consoler.

Puis le maire rompit ce silence devenu trop pesant et surtout trop long pour lui.
-Bon alors, en quoi tout ça nous avance-t il ?

Les deux femmes se séparèrent et reprirent une contenance.
-Hein ? En quoi tout ça nous éclaire-t il ? Mademoiselle Dubois pouvez-vous prouver votre identité ou non ?

Justine ne sut que lui répondre et lui demanda de bien vouloir la laisser prendre congé.
L'édile fut surpris de cette incorrection mais accepta volontiers.
Justine ne se fit pas prier et tourna les talons.

Une fois à l'extérieur, il lui sembla que l'air circulait à nouveau dans ses poumons.

Elle s'adossa à la façade de l'édifice et elle s'arcbouta pour reprendre son souffle.

Elle ne s'aperçut pas tout de suite que Claudine l'avait suivie.

Aussi quand cette dernière, même doucement, l'interpella, Justine sursauta.

-Comment allez-vous ?

-Ça va. Je récupère. J'ai l'impression d'être aspirée par un siphon sans fin.

…

Je suis tellement surprise de cette véhémence dont le maire vient de faire preuve à mon égard !

Cela tranche tellement avec ce à quoi il m'avait habituée.

Il s'était montré si bienveillant en me prêtant le petit appartement au-dessus de l'école.

Il avait été si gentil quand il m'a recrutée en vantant mes mérites.

Je ne comprends pas quelle mouche l'a piqué aujourd'hui.

-Il se sent trahi lui répondit Claudine

-Comment ça trahit ? demanda Justine interloquée

-Eh bien il part du principe qu'il a tout fait pour vous aider et que vous lui avait menti sur votre identité.

-Mais… Mais ce n'est pas vrai, je vous le jure Claudine.

-Oui ! Ne vous inquiétez pas. Il a joué les soupçonneux pour vous déstabiliser mais devant votre désarroi, je pense qu'il a compris que vous n'y étiez pour rien.

-Mon Dieu non ! Je n'y suis pour rien.
Vous savez tout de ma vie. Je ne cherche à gruger
personne.
-Je sais. Je sais. Mais cela ne règle pas le problème pour
autant. Il faut qu'on trouve une façon de prouver votre
identité, Justine. Vous comprenez ?

Quand Justine eut pris congé de Claudine, elle s'était
réfugiée chez elle et allongée sur le canapé, avait pleuré,
réfléchi, puis pleuré à nouveau et avait fini par
s'endormir d'épuisement.

Au petit matin, c'est un petit air frisquet que la fenêtre
entrouverture du salon distillait dans la pièce, qui réveilla
Justine en sursaut.
Elle se demanda où elle était mais les évènements de la
veille revenaient peu à peu à sa mémoire.

Elle se leva mais prise d'un léger étourdissement se rassit
immédiatement et des larmes montèrent à nouveau à ses
yeux.
-Que vais-je faire ? dit-elle à haute voix.
Le maire veut que je prouve mon identité avec des
papiers que je n'ai pas.
Toute à ses réflexions, elle réussit à se lever, se prépara
un petit-déjeuner frugal et tout en le sirotant, se décida à
aller voir Jeanne pour tout lui raconter.

-Entre mon enfant, dit une voix douce au premier étage.
Justine donna le traditionnel tour de clé et emprunta
l'escalier menant aux appartements de Jeanne.
Arrivée sur le palier une bonne odeur de café chaud et de
gâteau au yaourt titilla ses narines.
Son estomac se révolta.
Il faut dire qu'elle n'avait pas mangé hier soir et que le
sobre petit déjeuner était déjà loin.

Justine rejoignit Jeanne dans sa cuisine et dès son entrée,
celle-ci vit le trouble dans ses yeux et son visage fermé
parlait pour elle.

-Assieds-toi. Dis-moi ce qui se passe.
Jeanne avait prononcé ces mots comme si elle savait ce
que Justine allait lui dire.

Elle étouffa un sanglot en s'asseyant et planta son regard
dans celui de Jeanne qui attendait nerveuse qu'elle lui
parle enfin.
-Allez. Vas-y dis-moi ce qu'il t'arrive
-Il m'arrive que j'ai de gros problèmes avec le maire.
-Ah bon ? Et qu'est-ce qu'il te veut ?
-Il veut que je lui prouve mon identité.
-Et bien, montre lui tes papiers ? Tu as bien des papiers ?
-Oui j'ai des papiers mais ils ne lui conviennent pas.
Il me dit que mon livret de famille et ma carte d'identité
espagnols ne suffisent pas en France à prouver mon
identité…
Mais je n'ai que ça Jeanne. Je n'ai que ça répéta-t elle
désespérée.

Comment je vais faire ? Si je ne lui prouve pas qui je suis, il ne pourra pas me garder à la mairie. Que vais-je devenir Jeanne ?

-Attends ! Attends ! Ne nous emballons pas. Calme-toi et raconte-moi votre entretien.

Justine raconta en détail la conversation qu'elle avait eue avec le maire, sa sensation désagréable d'être prise pour une fraudeuse, les soupçons de l'édile envers ses parents.

-Jeanne ! Mes parents étaient des gens bien, honnêtes, travailleurs et aimants dit-elle des sanglots dans la voix. Comment le maire peut-il penser qu'ils aient dû quitter la France précipitamment pour échapper à la loi ?

Si seulement ils pouvaient être là, mes ennuis seraient résolus….

Un silence s'ensuivit et Justine continua non sans avoir pris la précaution de poser une de ses mains sur celles de Jeanne

-Et puis, Claudine, la secrétaire du maire, m'a parlé de vos enfants. De ce qui leur était arrivé.

Le regard de Jeanne se figea dans celui de Justine et inquiète lui demanda

-Et alors que t'en a-t elle dit ?

-Elle m'a raconté le bonheur de Sylvie d'être enceinte. Comment ils voulaient organiser le baptême républicain de Claire.

Et puis, cet incendie dit elle en tressaillant. Les deux corps de vos enfants mais aussi l'absence de celui de Claire.

A présent, les larmes coulaient sur le visage anéanti de chagrin de Jeanne qui semblait revivre ces moments si pénibles.

Elle prit d'ailleurs la parole soudainement libérée.

-Ils étaient heureux mes enfants, tu sais….

Ils s'étaient rencontrés sur les bancs de la fac. Ils avaient brillamment réussi leurs études tous les deux.

Ils exerçaient un métier qui leur plaisait et qui leur avait permis d'acheter une jolie maison : la maison du lac.

Jeanne regarda Justine pour recueillir son assentiment ce à quoi, d'un geste de la tête Justine répondit.

Ils étaient heureux. Et moi aussi. Ils étaient entourés.

Sylvie avait une amie depuis sa plus petite enfance ; elle s'appelait Agnès.

Elles avaient grandi ensemble puisqu'entre parents, nous nous laissions nos enfants à tour de rôle dit-elle en souriant à l'évocation de ces jolis moments.

Puis, quand Sylvie rencontra Clément, Agnès rencontra également Frédéric et les deux couples s'entendirent à merveille.

Agnès et son mari eurent une vie plus modeste car ils avaient des salaires moins élevés mais rien n'entachait leur amitié. Aussi quand Sylvie fut enceinte, ils pensèrent aussitôt à Agnès et Frédéric comme marraine et parrain.

Agnès vécut pas à pas la grossesse de Sylvie. Se réjouissant de tout mais aussi s'inquiétant de tout.

Elle était la sœur que Sylvie n'avait jamais eue et inversement.

Clément les avait bien sûr fait appeler quand Sylvie s'était rendue à la clinique pour accoucher. Ils étaient très vite arrivés.

Ils avaient, je crois des difficultés à procréer, Agnès en souffrait beaucoup m'avait dit Sylvie, aussi quand Claire a montré le bout de son nez, c'est dans les bras d'Agnès que Clément a posé ma petite-fille ; bien avant les miens dit-elle en mimant une colère feinte.

Agnès et Frédéric ont pleuré de joie et ont promis de s'en occuper comme si elle était à eux.

Et puis…..
Ce fameux soir…..
Jeanne triturait ses doigts pour faire diversion à ses larmes.
Elle n'en dit pas plus.

-Tu veux un peu plus de café ? demanda Jeanne
-Oui je veux bien, merci.
Jeanne, je peux vous demander quelque chose ?
-Toi, tu peux me demander tout ce que tu veux. Tu le sais bien lui répondit-elle dans un triste sourire.
-Montrez-moi des photos de votre fille, de votre gendre, de votre petite-fille.
-Mais tu les a déjà vues ces photos ma fille !
-Non vous m'avez montré des photos de votre mère, de votre grand-mère, de vos arrières grands-parents aussi et quelques-unes de repas de famille mais jamais celles de Sylvie petite.
-Ah bon j'étais certaine que tu les avais vues. Attends je vais les chercher.
Jeanne disparut quelques secondes dans le salon et réapparut tenant la boîte que Justine avait déjà ouverte quelques fois.
-Elles doivent être au fond. La derrière fois que tu les as regardées, tu n'as pas assez fouillé lui dit-elle en riant.
Allez quitte à remuer le passé, remuons en également ses photos.

Jeanne plongea la main dans le fond de la boîte et fit
émerger trois photos. Elle les regarda rapidement et en
tendit une à Justine

-Voilà, ça c'est Sylvie dans mes bras, je venais
d'accoucher. A cette époque-là, on accouchait à la
maison dit-elle en farfouillant à nouveau.

-Là, elle doit avoir une dizaine d'années lui dit-elle en la
lui donnant.

Sur celle-là, elle a cinq ans, c'est noté au dos. Excuse
moi je te les donne de manière anachronique mais je te
les donne comme elles viennent.

-Ah là, elle a seize ans. C'était la soirée où on a fêté leur
BEPC. C'était un examen de fin de collège. Tu vois là de
dos, c'est Agnès.

Justine se pencha instinctivement pour essayer de mieux
voir mais la qualité des photos d'antan, ne le lui permit
pas.

Attends lui dit Jeanne enthousiaste. Il y en aura d'autres,
tu les verras mieux.

-Tiens sur celle-là, c'est l'année de son baccalauréat.
Elle l'a eu haut la main.

Justine détailla le visage qui se découpait parfaitement
sur ce mur vert pâle qui servait de décor.

Du bout des doigts, Justine suivit les courbes de sa chute
des cheveux qui cascadaient sur ses épaules. Elle la
trouva tellement belle, insouciante.

-Tiens ! Voilà ! Clément

Elle posa la photo à côté de celle de Sylvie pour imaginer
quel couple ils pouvaient former.

Elle laissait son imagination vagabonder jusqu'à ce que
son regard s'attache à un détail.

Jeanne vit son trouble et l'interrogea.

-Que se passe-t il ? Tu me sembles « chiffonnée » par quelque chose ?

-Oui ! Enfin, je ne sais pas trop !!!

-Vas-y dis-moi

-Je ne sais pas... Attendez, vous en avez d'autres ?

-Oui bien sûr. Tiens regarde. Celle-là je l'avais même fait agrandir pour la mettre sous cadre. Elle trônait majestueusement dans ma chambre avant le grand malheur. Mais j'ai finalement décidé de la décrocher après leurs décès. Ça m'était devenu insupportable de les voir ainsi souriants tenant fièrement Claire dans leurs bras.

Jeanne regarda avec amour quelques instants la photo avant de la tendre à Justine qui à peine l'eut-elle dans les mains, poussa un cri strident.

Jeanne interloquée, l'interrogea du regard.

Justine ne parlait pas mais montrait du doigt la photo

-Eh bien quoi ? Qu'as-tu vu qui te mette dans cet état ? Enfin dis le moi s'impatienta Jeanne.

Justine présenta la photo à Jeanne et s'écria :

-Là !...

Jeanne reprit la photo des mains de Justine et dit :

-Ah le bracelet !

Eh ben quoi ? C'est le bracelet que nous avions acheté à Sylvie et à Agnès pour les récompenser de leur succès au bac.

Nous leur avions acheté les deux mêmes comme on aurait pu le faire pour deux sœurs répondit Jeanne en souriant attendrie.

C'est une si belle photo… replongea-t elle dans ses souvenirs. Elle ne remarqua pas Justine blêmir à vue d'œil.

Justine se leva comme un zombie de sa chaise et partit chercher son sac à main abandonné dans l'entrée.

Jeanne la vit y farfouiller un moment, en sortir un petit porte-monnaie duquel elle ne tarda pas à en extirper un fin fil d'or.

Pendant ce temps, Jeanne avait repris ses recherches photographiques et au moment où Justine revenait tenant un bracelet à la main, Jeanne tendit une photo à Justine en lui disant, tiens regarde, sur celle-là c'est Agnès. Elle tient Claire dans ses bras. Sylvie venait juste d'accoucher.

Justine lâcha le bracelet mais Jeanne avait eu le temps de le voir tomber et déjà elle se levait pour le ramasser pendant que Justine regardait la photo d'Agnès des tremblements fébriles dans le menton.

-Où as-tu trouvé ça ? cria Jeanne en brandissant le bracelet.

Tu m'entends ? Réponds-moi tout de suite, où as-tu trouvé ça ?

Si tu l'as pris en faisant le ménage dans ma chambre, tu n'es pas très maline continua de crier Jeanne sans se rendre compte que Justine ne répondait pas et restait figée sur la photo.

Jeanne décida de se rendre dans sa chambre s'assurer que le bracelet s'y trouvait toujours.

Elle en revint avec et animée elle aussi du même tremblement qui agitait tout son corps.

-Ma fille. Je suis désolée. Je t'ai accusée à tort. Il est là le bracelet de Sylvie lui dit-elle en le lui tendant.

204

Justine ne bougeait toujours pas. Seules ses lèvres bougeaient mais les mots qu'elle susurrait étaient inaudibles.

Jeanne se rapprocha de Justine pour la sortir de sa léthargie mais rien n'y fit. Justine continuait de psalmodier et Jeanne de regarder le bracelet que Justine détenait et celui de Sylvie qu'elle avait précieusement conservé.

Les jambes de Jeanne flageolaient, elle savait qu'elle ne tiendrait pas longtemps debout et s'agrippa in extremis à la chaise sur laquelle elle s'écroula.

Justine sortit de sa torpeur et regarda longuement, fixement Jeanne en parlant à voix basse.

…

-Je ne te comprends pas. Je vois bien que tu essaies de me dire quelque chose mais tu parles trop bas, je ne t'entends pas.

Dis-moi comment tu as eu ce bracelet ? C'est important tu comprends ? Ce bracelet a été fait seulement en double exemplaire. Il ne peut pas être en ta possession.

Réponds-moi ma fille, s'il te plait supplia Jeanne

-C'est maman dit-elle un peu plus fort.

-Comment ? Parle un peu plus fort s'il te plait.

-C'est maman répéta-t elle et là, Jeanne l'entendit.

-Comment ça, c'est maman ? Veux-tu ne pas dire n'importe quoi s'il te plait dit-elle en colère. On ne peut pas plaisanter de tout ma petite-fille allons !!! s'offusqua-t elle

-Vous ne croyez pas si bien dire dit Justine cette fois à haute et intelligible voix.

-Comment ? l'interrogea-t elle les yeux écarquillés d'incompréhension

-Vous ne croyez pas si bien dire Jeanne.

Justine se secoua et dit d'un ton péremptoire :

-Vous vous souvenez que je vous avais dit que mon père avait travaillé dans les forges de Tolède et que Don Pablo, le patron de l'usine, m'avait fait forger le même bracelet que maman quand il a appris que nous remontions en France pour que je puisse y faire des études.

Et ben, c'est celui-là. C'est le bracelet que m'a forgé Don Pablo. C'est la réplique exacte de celui de ma mère……

….

Jeanne ne pipait mot et Justine semblait chercher son souffle.

…

-Mais comment ta mère pouvait-elle détenir le même bracelet que Sylvie ? demanda Jeanne abasourdie

-Eh bien parce que cette personne sur la photo dit Justine en la brandissant devant Jeanne ; c'est ma mère.

-Mais… Comment…. Mais… Enfin…. Mais non !

NON ! Tu entends ? NON ! NOOOOON hurlait Jeanne. C'EST IMPOSSIBLE.

-Pourquoi est-ce impossible ? demanda Justine soudain ragaillardie

-Mais…. Mais parce que…. Mais parce que c'est impossible….

-POURQUOI EST-CE IMPOSSIBLE JEANNE ? hurla à son tour Justine

….

Votre fille est morte mais cette personne était, elle, vivante ?

….

-Jeanne ! S'il vous plait ? Que savez-vous de cette personne ?
-Ben… Je sais que…
-Que quoi ?
-Que c'est Agnès, la meilleure amie, la « sœur » de Sylvie.
-D'accord. Et qu'est-elle devenue après le décès de vos enfants ?

…

-Jeanne, qu'est-elle devenue après le décès de vos enfants ?
-Je ne le sais pas. Ils n'étaient même pas présents aux funérailles. On a mis cette absence sur leur insupportable chagrin : perdre à la fois sa « sœur » et sa filleule, on a pensé que c'était trop pour elle, pour eux.
-D'accord et après les funérailles ? Vous avez eu de leurs nouvelles ?
-Euh… Non… Nous n'avons jamais eu de nouvelles. Ils ont vendu la maison. Et on a fini par, pour ainsi dire, les oublier.

-Alors, qu'est-ce qui empêche que cette personne qui s'appelle Agnès pour vous, s'appelât pour moi, Laurence ?
-Mais tout…. Tout l'empêche…
-Vous avez une photo de son mari Jeanne.
-Euh… Oui sans doute mais où ?
-On va vider complètement la boîte à photos et les bien toutes regarder? dit Justine un rien autoritaire
Elle s'exécuta sur le champ et avidement retourna les photos, mit de côté celles qui n'apportaient rien à leur enquête pour finir, après un long moment qui leur parut être une éternité sur celle prise un soir d'été quand, tous les quatre, ils avaient célébré l'obtention de leurs diplômes universitaires.

Justine repoussa un cri strident identique à celui qu'elle avait poussé plus tôt en reconnaissant sa mère car à cet instant précis, elle venait de reconnaître son père.

Justine s'assit à son tour, s'affaissa sur la table. Jeanne, interdite, inerte, assise en face d'elle ; les deux amies étaient comme KO debout.

Elles ne se parlèrent pas d'un long moment jusqu'à ce que Justine s'écrie
-Mais j'en suis sûre maintenant.
Mon Dieu dit-elle abasourdie tout en se levant et faisant les cent pas dans la cuisine, sortant Jeanne de sa léthargie.
-De quoi es-tu sûre ? S'il te plait. J'ai besoin de tout savoir supplia Jeanne à bout de force.
-Voulez-vous que je vous dise ce qu'il s'est passé ?

-Oh oui !!

-Ce trouble que j'ai ressenti la première fois que je vous ai rencontrée, l'avez-vous ressenti aussi ?

Oh oui et depuis à chaque fois que je te vois, c'est le même élan que je réprime.

-Ça, ça m'a interpelée depuis le début.

Et puis maintenant, cette histoire d'identité que je dois prouver. J'ai omis de vous dire que le maire m'a montré la liste des enfants nés à Bayonne le 28 août 1998 et c'est le nom de votre petite-fille qui en ressort.

Elle serait née le même jour que moi à la même clinique ? Je veux bien que le hasard fasse bien les choses mais là c'est trop gros.

Et puis à présent, ce bracelet et ces photos d'Agnès et Frédéric qui sont pour moi Laurence et François, mes parents.

Justine secoua la tête de résignation.

Le maire avait raison… Mes parents sont des fuyards, des hors la loi.

Mon Dieu Jeanne. Vous vous rendez compte ?

-Mais enfin pourquoi tu dis ça.

Pourquoi Agnès et Frédéric seraient-ils des hors la loi.

-Jeanne vous ne comprenez pas ? Vraiment ?

-Non ma fille ! Non !

-Vous m'avez dit qu'Agnès avait eu du mal à tomber enceinte, n'est-ce pas ?

-Oui mais ça ne fait pas d'eux des criminels….

-Pas sûr Jeanne, pas sûr.

Je pense qu'Agnès et Frédéric, jaloux de la réussite professionnelle de leurs amis, jaloux du fait qu'ils allaient être parents alors qu'ils n'y arrivaient pas, ont mis le feu à leur maison mais avant, ils ont volé le bébé et c'est pour cela que la gendarmerie ne l'a jamais retrouvé.

Et pour éviter d'être recherchés, ils se sont enfuis, ont changé de noms et ont fait de moi leur fille. Cette peur panique du feu, cela vient de là c'est sûr. Mon inconscient a enfoui au plus profond de moi le traumatisme de cet incendie mais j'étais trop petite pour comprendre.

Ils ont incendié la maison de leurs amis et m'ont mis le feu à la mémoire.

…

….

-Jeanne. Je ne suis pas Justine. Je ne l'ai jamais été. Claire n'est pas morte, elle est en face de vous. Jeanne, je suis votre petite fille.

MERCI

Merci mon crapo, mamita-mes parents, mané et tonton pour votre soutien toujours égal et indéfectible.

Réparation d'un petit oubli : crédit photo de couverture de mon précédent roman LA CLE à mon crapo. L'objet appartient certes à Michel Q. mais cette si jolie photo en flou artistique est l'œuvre pleine et entière de mon « zhom ». Je veux ici lui rendre doublement hommage.

Merci Floflo D., Annick Q., Jess P., Virginie G., Océane P., Céline Céline, Nicole L, Carole B. et **Laurence (la vraie Laurence P. qui m'inspira cette histoire)** de me suivre pas à pas, de me nourrir de votre engouement. Je souhaite à tous les écrivains, un public comme le mien.

Merci également à mon fan-club (hihihi) qui « like », adore, rit ou s'étonne de mes publications sur Facebook. Mais surtout merci de ne jamais les détester ;-)

Merci Gisèle de Radio-Galaxie. Encore une interview qu'il va falloir organiser hihihi

Merci enfin à mes futurs lectrices et lecteurs de me faire l'honneur de découvrir mes histoires :
Page Facebook : karine lottin-écrivain
Instagram : karinelottinecrivain

Edition : Books on Demand
12/14 rond-point des Champs Elysées, 75008 Paris
Impression : BoD-Books on Demand, Norderstedt,
Allemagne
ISBN : 9782322266739
Dépôt légal : Mars 2021